Niemals beschwere dich über die Post

Ein Lesebuch

WALLSTEIN VERLAG GÖTTINGEN

Die Deutsche Bibliothek – CIP– Einheitsaufnahme

„Niemals beschwere dich über die Post“ : ein Lesebuch. –
Göttingen: Wallstein–Verl., 1992
ISBN 3-89244-037-9

Gesetzt aus der Adobe Garamond
Herstellung: Alfa Druck, Göttingen
Umschlag: Thomas Müller
ISBN 3-89244-037-9

INHALT

Kutschenpost

Briefpost

KUTSCHENPOST

Bettina von Arnim

AUS MEINEM LEBEN

Wie lang ist's her? – vielleicht sieben, vielleicht acht Jahr – da reiste ich von Frankfurt ab. Es war am Ende November, kalt geworden, Fr. warf mir beim Abschied seine Pelzhandschuh in den Wagen, in dem ich ganz allein saß mit der verzagten Kammerjungfer. Die Nacht hatte sich uns vorgedrängt, als ich durch die erleuchteten Straßen Hanaus fuhr, hörte ich in der Vorhalle eines großen Gasthauses eine Stimme von einer Orgel begleitet singen, so mächtig, so rein, so treu, so ohne Beigabe von gelerntem Beigefühl, so auftönend, so bewußtlos in Tiefe und Höhe steigend, als wär sie der Eichbaum, in dessen Zweigen der Sturmwind seine gewaltigen Fittiche spielend verfängt und so auf und nieder brausend all seine Instrumente von der Pauke bis zur Pfeife in des Baumes Wogen in Gesang sich auflöst. – Schon indem wir in Hanau einfuhren, hatte ich's ertönen hören, ich ließ langsam fahren, bald schien die Stimme ferner, bald näher und endlich immer näher, ich ließ vor dem Gasthaus halten, der Kellner berichtete mir, es sei ein Mädchen, die ihr Brot damit verdiene, in den Gasthäusern zu singen; ich sagte: „Die füllt aber ganz Hanau aus." „Ja", meinte er, „Hanau ist ganz leer, drum ist's so still." „Ist's denn nicht so still, weil alles lauscht auf die Sängerin?" „O Gott bewahre, man ist's gewohnt und gibt gern einen Groschen, damit die

Wände nicht dröhnen und man sein eigen Wort hören kann." – Das war meine Unterhaltung mit dem Kellner; ich ließ langsam weiterfahren und hörte, wie dieser Gesang mit mir sprach. O, was sagte er mir! Ich, die nie eine Liebeserklärung empfangen hatte, wie sehnend bat er mich, zu lieben, ihn zu lieben, der aus diesem Gesang zu mir sprach: „so mächtig, so stolz wie ich bin, lieg ich zu deinen Füßen; und du kannst ja nicht anders! – Du mußt – so gewaltig, so weit ausdehnend, so tonumfassend ich bin, – du mußt durch mich durch, wohin du auch willst, meine Grenze zieht sich um dich, und weil ich liebend bin, umdräng ich dich, so weit ich mich auch dehne; ich schmelze vor dir zusammen, beschämt, weil du mich begreifst, und ich erhebe mich vor dir, so gewaltig, weil die Liebe zu diesem deinem Begreifen mich doppelt aufregt; glaub an mich, daß *ich Ton*, alles bin, was die Weisheit der Liebe, ihre Kunst, ihr Genie, ihr Glück, dir lehren kann. – Sieh die Welt, die mich unbegriffen vertönen läßt, was ist sie? Sie ist nicht tot! Wende dich nicht an sie, in der du dich selbst mißverstehst und sündigst. – O du hörst mich! – und bist geschaffen für mich, mich zu begreifen; weil du mich forttragen sollst in deinem Busen, forttragen zwischen dem Gebraus aller unbegriffenen Tonwellen, soll ich allein in dir hinübergetragen werden in den Geist, in den Begriff, der deine Umarmung ist; das ist die Liebe, die ich suche, und die im Vorüberschreiten du mir schenkst. – Nein! im Verhallen an deinem Ohr, – ich fühl's – birgst du mich – im Geist – dein Geist leitet lieblich die Hochzeitfeier ein, ich verberge mich – ich vertöne, – denn ich fühle mich geborgen – in deinem Busen – ".

Und so hatte er mich gefangen, der Ton des Gesangs in dem stillen Hanau, das nicht still war, weil es lauschte, – sondern weil es leer war, wie der Kellner mich versicherte. – Ich aber war tief bewegt, von dem Göttlichen so in Anspruch genommen worden zu sein, daß es um mich gefleht hatte demütig, wie der Bettler am Wege; und so war's, als wir ins Freie kamen, immer noch Tränen weihend, Gelübde ausseufzend diesem Genius, der im Ton mich erringen wollte. –

Auf holperigem Weg erreichten wir G.lnh..s.n, die Kaiserburg, die im gesprengten Fels einer wunderbaren Pflanze Nahrung gibt, – dem Rotbart des Kaisers, der durch den steinernen Tisch wächst. – Die Spitzbuben haben dort alle eine lange Gasse gebildet von lauter Wirtshäusern, eh man zum engen Tor hereinkömmt, hätte man schon, vor Angst den Hals zu brechen, den Geist aufgeben können, wenn man nicht wie ich im Arm des Bräutigams gefangen lag und so der Erde vergessen, wenn sie auch unter uns dröhnte, lieber alles Geschick ertragen als es mit erleben. – Diese Fangnester von Wirtshäusern sind so, daß die nächsten am Tor den Vorteil haben, den vom Schrecken der Abgrundswege ganz zahm gewordenen Reisenden als Erlösungs- und Rettungsanstalten höchst willkommen zu sein, und schwerlich wird einer, der mit dem Rettungskracken endlich in den Port kommt, bei vorgerückter Nacht daran denken, noch weiter zu wollen, wenn nicht das suspiziose Gesicht des

Wirts ihm schnell eine Räuberszene vormalt und der sich sträubende Postillon weiterzufahren ihm die Geschichte seines Untergangs noch wahrscheinlicher machte. Es zwingt ihn in der Verzweiflung weiter zu fahren, – da bleibt das Rad im Loch stecken vor dem zweiten Haus, der Wirt hat ihn gefangen, die Schmiede, die ihm auf der Nase hockt und ewig ihr Feuer auf die Straße speit, speit auch ihre Hämmer, Zangen, Bohrer, Nägel, heraus, womit sie dir den Wagen malade machen, eh du dich's versiehst, und dann mußt du auf der Straße liegen bleiben oder ins Wirtshaus, – mir aber nicht so! – „Herr Wirt," sage ich, „ich mache Sie verantwortlich dafür, daß mir der Schmied vom Wagen bleibe, und auch der Stellmacher daneben, der wie eine Spinne sein Netz aufspannt, bis der Schmied beim Nachsehen auch für *ihn* etwas zerbrochen hat." Der Wirt sagt: „So so, aber ohnvorgreiflich muß ich bemerken, daß mir der Postknecht sagt, alle Reife gehen von den Rädern; und sie werden bis nachts um ein Uhr nicht mit der Arbeit fertig." – Ich leide es nicht, trotz dem angstvollen Stöhnen der Kammerjungfer, der Tee wird gemacht, auf dem Tisch liegt die Zeitung, der Wirt bemerkt uns eine schauerliche Spitzbubengeschichte, die drin beschrieben ist, sie ist vor drei Wochen in hiesiger Gegend zwischen Münster und Schlüchtern arriviert, – gerade wo wir hin wollen, es ist zehn Uhr, in einer halben Stunde geht der Mond auf. – Der Wirt geht hinaus, weil er uns am Teetisch weiß, ich traue ihm nicht, gehe ans Fenster, nach dem Wagen zu sehen; er öffnet ihn, holt eine kleine Blendlaterne unter dem Rock hervor: – „Herr

Wirt! – was machen Sie da, ich glaub, Sie wollen den Spitzbuben zwischen Münster und Schlüchtern zuvorkommen!" – Gleich setz ich mich in den Wagen, lasse den Tee unberührt, – bis die Pferde kommen. Die Kammerjungfer muß mit in die Schreckensnacht, so will es ihr Geschick. – Es geht bergauf, bergab, – es stuckert, es kracht, es seufzt, es pfeift alles am Wagen, bald liegt die Jungfer mit dem Kopf auf der Erde, bald zum Schlag heraus. Wir sind endlich in der Ebene, der Mond geht auf, nun setzt er sich in Trott, – es pfeift – noch einmal – es läuft ein Mensch neben dem Wagen, der hat gepfiffen, der Postknecht gibt ihm einen Hieb, ich schlafe ein und erwache auf der Station. Der Mond hat Himmel und Erde eingenommen, – freier Weg, herrliche Gauen, – der Wald kommt uns gemächlich entgegen, denn die Pferde gehen unter häufigem Antreiben einen sehr faulen Paß. – – Ich erwache, weil der Wagen stillsteht. – „Was gibt's Schwager?" – „Daß alle Teufel dreingefahren sind, – mein Handgaul ist gefallen!" – Die Kammerjungfer: – „Lassen Sie ihn doch wieder aufstehen." – „Der hat's Aufstehen vergessen für immer." – Ich: – „Schwager setze dich auf das andre Pferd und reite auf die nächste Station, um Pferde zu bestellen." – „Das hält der andre nicht aus, der ist auch marode." – „Wie weit ist es noch?" – „Noch anderthalb Meilen, wir sind gerade auf der mitten Station." – Der Postknecht packt das Geschirr der Pferde auf den Rücken, läßt das eine liegen, das andre frei laufen, und so marschiert er ab, es ist gerade zwei Uhr in der Nacht, wir sind in dem allmächtig großen Wald auf einem großen freien Platz, der wohl eine Stunde im Umfang hat, ganz mit Wald umgeben. Lange noch hören wir die Kurierstiefel des Postknechts klirren mit dem Geschirr, was ihm nachschleppt, endlich ist's ganz still. – Zwei Frauen im Winter, nachts um zwei Uhr mitten auf der Chaussee haltend, mit abgespanntem Wagen. – Ich lachte so, daß die Kammerjungfer nicht weinen konnte, sie lauschte zum Fenster hinaus. – Da hör was – Aih – Pause – ahh – iah – Pause – „Ach, da bringt man jemand um im Wald!" – Sie lauscht: – „Nein, es ist das tote Pferd, das so stöhnt" – haa – „eben hat's den Geist aufgegeben." – Ich steige aus dem Wagen, untersuche das Pferd, hole eine Flasche Madeira aus dem Wagen, die Jungfer soll ihm den Rachen aufhalten – sie will nicht – nun, so soll sie den Wein ihm eingießen, ich halte ihm das Maul auf, sie gießt alles daneben, ich nehme ein Milchbrot aus dem Wagen, höhle es aus, steck's ihm in den Rachen, es schluckt, ich gieße nach, – bis die ganze Flasche drin ist, – wir setzen uns in den Wagen, – das Pferd ist ganz still. – Ich steige aus, befühle es, es schwitzt, ich nehme mein grünseidnes Plumeau aus dem Wagen, decke ihm den Leib mit zu, mit einem Kopfkissen decke ich ihm das Hinterteil, mit dem zweiten die Brust zu, – die Jungfer wundert sich, daß ich dem Gaul zulieb frieren will, ich friere aber gar nicht, – ich lache mich warm vor Vergnügen über die hübsche Geschichte. – Freilich denk ich darüber nach, was auf dieser berüchtigten Landstraße mir alles widerfahren kann, aber weil alles doch von Stimmung abhängt und die Gewalt des Tons aus Hanau mich nicht verlassen hatte, so bin ich auf alles gefaßt, oder vielmehr: es ist mir alles einerlei. – Die Kammerjungfer erlauscht einen fernen Ton, – sie denkt sich das Schlimmste; – „Gewiß, – gnädige Frau, jetzt kommen sie." – „Wer?" – „Die Spitzbuben", – ich höre es auch, nun, so wollen wir unser Leben teuer verkaufen; einen braunen Reisemantel, dem ähnlich am Rhein, worin man mich für einen Knaben hält, eine ebensolche Mütze setze ich auf, ich stelle mich auf den Chausseestein, um recht groß zu scheinen, drapiere mich im Mantel, die großen Pelzhandschuh machen mir eine große Faust, in die nehme ich die leere Madeiraflasche als Pistole. – „Wie seh ich aus?" – „Recht fraiserlich", sagt die Jungfer. – „Jetzt sehen Sie mal, was der Gaul macht." – „Er schwitzt." – „Decken Sie ihn recht zu, stopfen Sie ihm das Federbett unter dem Bauch ein, nun setzen Sie sich in den Wagen, ich will Sie verteidigen." – Die Kammerjungfer hatte kein gut Zutrauen, sie sagte nur: „Ach, wären wir bei den Spitzbuben in G...hausen geblieben, die hätten doch vielleicht nur unser Geld genommen, und hier werden wir unser Leben lassen müssen." – Die Jungfer im Wagen, ich auf dem Chausseestein, hörten den Lärm immer näher kommen, es waren beinah zehn Minuten vergangen, wir konnten nicht unterscheiden, was es war. – Aber wohl der tote Gaul, denn er sprang plötzlich zu meinem viel größeren Schrecken, als wenn eine ganze Spitzbubenbande auf mich eingedrungen wär (denn auf die war ich gefaßt), in die Höhe, warf Federbett und Kopfkissen in den Graben und sprang hinüber, ganz langsam und friedlich die kleinen Gräser unter dem starken Reif hervorsuchend. – Er hatte gemerkt, daß dieser Lärm die Schnellpost sei, und daß er ihr im Weg gelegen haben würde, was von einem Postgaul postwidrig sein würde, da er wohl weiß, wenn er in ihr eingespannt ist, daß er sich nicht im Graben legen darf. – Die Schnellpost kam auch bald angefahren und hielt wider alle Gewohnheit vor Erstaunen über diese trostlose Equipagenszene so lange still, bis ich von meinem Prallstein herab mit der Bouteille in der bepelzten Hand das Abenteuer berichtet hatte, worauf sie mit Eile abfuhr, eine Stunde darauf den Postknecht überholt hatte und mir Pferde schickte.

Der Postmeister N..l.r, dem die Geschichte berichtet wurde, dankte mir, daß ich ihm den Gaul mit meinem Reisewein gerettet hatte. Frau von N..l.r frug mich, was ich mit dem grünseidenen Federbette angefangen habe? – Ich sagte, ich schlafe täglich einen gesunden Schlaf drunter; im Anfang roch sie ein bißchen nach Pferdeschweiß, da träumte ich nachts sehr angenehm, als sei ich ein Araber mit meinem edlen Pferd in der Wüste, das mich glücklich durch alle Gefahren bringt, das mich liebt und versteht, aber seit die Decke nicht mehr riecht nach dem Postgaul, da hab ich niemand mehr, der mich versteht. – „O! ich versteh Sie, Sie sind ein Genie, Sie können alles vertragen."

Das war eine kleine Geschichte, wahr in allen Zügen, in allen Empfindungen und Worten, die drin vorkommen, ich hab zu hastig geschrieben, suchen Sie Komma und Punktstellen, um sie auszufüllen und zu verstehen, um der Stimme willen hatte ich keine Furcht, war ich über alle Erdensorgen weggehoben, um ihrentwillen war ich ein Ritter und hätte wahrlich mein Leben teuer verkauft mit meiner Bouteille. Ich hätte für die blasse Kammerjungfer gefochten, weil der was am Leben lag; und weil ich von keiner Fessel gebunden war, im Geist einem andern Reich angehörend, so war auch keine Fessel zu lösen; und ich hatte also keinen Tod zu erleiden, um in die Freiheit zu steigen, ich war schon drüben, und ob mir da ein Spitzbub nachgehauen hätte in das vergessne Erdenleben, ich hätte es nicht gemerkt. – Kein Spaß – Ernst! – Die Furcht hat nur Anteil an dem Erdengeist. Das Element des Schönen ist die Grenze, die ihre Sklaverei leugnet, wer in jenem, dessen Leben Liebe ist, leben kann, wer liebt, schön ist, der ist Geist; – hat nichts zu fürchten, der horcht nur der Ewigkeit in jeder Bewegung und selbst, wenn die Prüfung im toten Gaul bestände, er wird sie lösen. – Der Hanauer Ton hatte mich zum Geist gemacht. Und Du, *Pamphilio!* – nach welcher Pfeife Ton wirst Du einst tanzen? –

Noch über zwei Dinge hab ich zu berichten, über die Gedichte, die ich nicht einmal, sondern zwanzigmal gelesen habe. Härten, sagen Sie, seien drin, die haben sich alle unterm Lesen ausgemerzt*, aber die Leute haben sich dran ergötzt, mit Freuden es ein- und zweimal lesen hören; F. – bei Frau von K. – , die auch zu den Entzückten gehört, fragte, wer das könne gedichtet haben, er

* Statt Schmutz lese ich Schlamm.

kenne keinen lebenden Dichter, dem er es zuschreiben könne, da ich ihm sagte, der Dichter habe seine Stimme noch nie öffentlich hören lassen und sei noch ganz jung, konnte er es nicht glauben wollen, es sei zu viel Gewandtheit drin, zu viel Gewalt der Sprache usw., kurz alles, was Ihnen als überraschende Anerkenntnis gelten kann; die Künstler, denen ich's vorgelesen habe, namentlich mein kleiner Kupferstecher, dem ich sehr gut bin, die haben's abschreiben wollen, die kleine Zeichnung, die ich hier mitschicke, hat sich dadurch vervollkommnet, denn der über Felsklippen stürzende Bach hat sich eingefunden, und das Reh kommt daran zu trinken, im Hintergrund der Rhein, der Dianentempel links, über dem der Mond aufgeht, und die Vögel, die gezogen kommen, dort ihre Nachtherberge zu suchen; – rechts die kleine Bacchuskapelle jenseit des Rheins. – Der junge Knabe in der einsamen Felsnische hält die Krone in der Hand, wer also das Bild sieht, der will wissen, wer es ist. Man sagt, es sei ein Dichter, aus dessen Gedicht die Zeichnung entlehnt ist. – Ich, die Eule, ohne Falsch wie die Tauben, klug wie die um die Säule sich windenden Schlangen, hab eine Maus gefangen. Der junge Dichter, dem alles wie Ideal erscheint, hält diese Maus in der Klaue der Eule für Weisheit und sieht nicht, daß seine eigne Gedanken diese Unschuldtauben sind, die die finstere Eule umschweben, und daß die Schlangen die Säule magnetisieren und ihr Zauberkraft geben, die er in der Stille der Abendluft auf sich tauen läßt, während der Bach dankbar seine Füße küßt, daß er ihn so schön besungen hat. – Wer ist aber das Rehchen, das so heiter die Eule ansieht, die schüchtern und wie eifersüchtig nach ihm hinabstarret? – Es ist das junge unbedeutende Schicksal des angehenden Dichters. Wer weiß, in was es sich noch all von der Zauberkraft dieser einsamen Stätte angeweht verwandeln dürfte.

Adieu, guter *Pamphilio!* Vom Schwimmen wollen wir nicht sprechen, aber vom Reiten.

Am 1. Mai

Ambrosia

Über die Homöopathie bitte ich mir Bericht zu erstatten. Den *Sperber* bitte ich zu grüßen, denn mein Gewissen hat mir die Buße auferlegt, daß ich in diesem Gruß ihm Abbitte tun muß.

Joseph von Eichendorff

SEHNSUCHT

Es schienen so golden die Sterne,
Am Fenster ich einsam stand
Und hörte aus weiter Ferne
Ein Posthorn im stillen Land.
Das Herz mir im Leib entbrennte,
Da hab ich mir heimlich gedacht:
Ach, wer da mitreisen könnte
In der prächtigen Sommernacht!

Zwei junge Gesellen gingen
Vorüber am Bergeshang,
Ich hörte im Wandern sie singen
Die stille Gegend entlang:
Von schwindelnden Felsenschlüften,
Wo die Wälder rauschen so sacht,
Von Quellen, die von den Klüften
Sich stürzen in die Waldesnacht.

Sie sangen von Marmorbildern,
Von Gärten, die überm Gestein
In dämmernden Lauben verwildern,
Palästen im Mondenschein,
Wo die Mädchen am Fenster lauschen,
Wann der Lauten Klang erwacht
Und die Brunnen verschlafen rauschen
In der prächtigen Sommernacht. –

Eva König

BRIEF AN G. E. LESSING

Mein lieber Herr Lessing!
Eben habe ich Ihren Brief erhalten, und muß Sie auch sogleich um Entschuldigung bitten, über die Vorwürfe, so ich Ihnen gemacht, und das Vornehmen, so ich schon gefaßt hatte, keine Zeile in meinem Leben wieder an Sie zu schreiben. Wenigstens werden Sie meine Aufrichtigkeit bewundern, wenn ich Ihnen sogar sage, daß ich einen Brief, so ich in Nürnberg an Sie geschrieben hatte, zerrissen habe. Bin ich nicht ein wahres Frauenzimmer? Nun im Ernste, letzteres ist zwar wahr, allein ich zerriß den Brief nicht, weil ich empfindlich gewesen, sondern weil ich den Abend einen starken Ansatz von Hypochondrie hatte, und der Brief so lang gerathen war, daß ich befürchtete, er möchte Ihnen Langeweile machen. Es wäre vielleicht eben so gut, wenn ich außer den hypochondrischen Stunden auch so dächte. Doch nein, warum sollte ich mich Ihrer Briefe berauben, die ich mit so vielem Vergnügen lese, da ohnedem wenig Dinge mehr in der Welt sind, die mir welches geben können. Ich danke Ihnen recht sehr, daß Sie mir so bald geschrieben, und bin nur böse, daß der Brief schon drey Tage hier gewesen, ehe ich ihn bekommen habe. Er war an einen Mann geschickt, der glaubte, man könnte anderswo nicht, als in der Traube logiren. Wie er mich da nicht traf, so suchte er

mich auch nicht weiter; zum Glück hörte er heute von ohngefähr, daß ich hier wäre, sonst hätte ich ihn gar nicht bekommen.

Von Ilmenau werden Sie meinen Brief erhalten haben? wo ich endlich des Nachts um zwölf Uhr wegkam, mit einem besoffenen Postillon, und einem Halbblinden, der mir leuchtete, der aber nach einer Viertelstunde kein Licht mehr hatte; und just im Thüringer Walde, wo man auf zwey Meilen keine Hütte antrifft, und wo solche Wege sind, die man am Tage mit Lebensgefahr passiret. Nun glauben Sie, daß mir der Muth gefallen sey? Wahrhaftig nicht! ich stieg aus, und suchte Tannenzapfen, die steckten wir an, und so halfen wir uns fort. – Einer großen Gefahr bin ich noch entgangen: hinter Bamberg fuhren wir einen hohen, steinigten und sehr steilen Berg hinauf; wie der Postillon die Pferde antrieb, um oben über zu lenken, so merkte ich, daß die Chaise wich. Ich rief dem Postillon stille zu halten; wie wir nachsahen, so war der Nagel heraus, und die Chaise lag noch eben einen Strohhalm breit auf der Vorderaxe. Ich kann es keinem Andern, als Ihrem Gebete zuschreiben, daß ich allen den Gefahren so glücklich entkommen bin. Wenn Sie reisen, so sollen Sie auch meine besten Wünsche begleiten. – In Nürnberg habe ich mich in den fünften Tag aufgehalten; man wollte mir den Herrn von M[urr] zur Gesellschaft bitten, weil er aber nie in dem Hause gewesen war, so verbat ich es, und habe also auch nicht das Vergnügen gehabt, ihn kennen zu lernen. Er ist Waag-Amtmann geworden, eine Stelle, die ihm 300 fl. einbringt. Dieses, und daß ich den Preißlerischen Kupferstich vom Doktor Luther gesehen, (welcher meinem Dünken nach sehr gut gestochen ist) ist alles das Neue, so ich Ihnen von Nürnberg sagen kann; ich mögte denn hinzusetzen, daß ich da so aufgenommen worden bin, daß ich die Nürnberger fast *süße* Leute nennen mögte. Es waren mir zwey Herren und eine Dame bis Erlangen entgegen gekommen, die sich vergebens zwey Nächte da aufgehalten, und mit der größten Besorgniß, drey Stunden ehe ich da eintraf, wieder zurückgekehrt waren, mit dem Vorsatz: Einer davon, sollte mir den andern Tag so weit entgegen reiten, bis er mich anträfe. Alles dieses erzählte mir der Postmeister mit so vieler Lebhaftigkeit, daß ich meinen Vorsatz änderte, die Nacht in Erlangen zu bleiben, um die Leute den andern Morgen nicht wieder zwey Meilen machen zu lassen. Es war ein rechter Nürnberger Einfall, den Abend zurückzugehen, und den andern Morgen wieder denselben Weg machen zu wollen. Sie können denken, was das für gute Leute seyn müssen, demohngeachtet bin ich froh, daß ich von ihnen, und hier bin, wo ich ebenfalls von allen überaus freundschaftlich begegnet werde. Ich stehe nicht dafür, daß ich nicht sehr aufgeblasen und stolz zurückkomme, wenn ich überall so aufgenommen werde, wie bisher. Ich denke, Sie beten nun, daß ich gedemüthiget werden möge; denn nun fehlt es mir nicht an guten Wegen, und den Nagel an der Chaise habe ich mit einer Feder machen lassen.

Fahren Sie fort mir die Neuigkeiten von Hamburg mitzutheilen, die Ihnen nicht fehlen können, wenn Sie die Correspondenz mit dem V[etter] unterhalten. Habe ich es Ihnen nicht schon gesagt, daß er unter Seylers Gesellschaft eine Amourette haben müßte, ich glaube es ist die B[öck?/Brandes?]; denn er hat mir von ihrer Tugend so viel vorgesagt.–

Ich würde für den König von Dänemark ganz eingenommen seyn, wenn ich wüßte, ob Er die Minna vorher je gelesen oder aufführen gesehen. – Was kommen nicht alles für Leute zu Ihnen? Nun haben Sie auch den Pater M[ayer] gehabt, den ich längst zu Hause glaubte.

Seit Sonntag Abends bin ich hier, den Freytag gehe ich nach München, wo ich mich vielleicht einige Wochen aufhalte. Ich weiß noch nicht, wie ich meine weitere Tour einrichte: ob ich zu Wasser oder zu Lande nach Wien gehe. Ich hätte Lust zu Wasser; die Meisten rathen es mir aber ab. Wollen Sie mir Ihren Rath mittheilen, so thun Sie es unter Addresse von Gebrüder Nocker in München.

Leben Sie recht wohl! und zweiflen Sie nicht, daß ich mit aller Hochachtung und Freundschaft stets seyn werde

Dero

Augspurg, ergebene Dienerinn
den 30. Aug. 1770. *E. C. König.*

Nachts um zwey Uhr. Schmälen Sie nicht;
ich hätte Ihnen sonst nicht schreiben können.

Georg Christoph Lichtenberg

ROMANE

[…] Endlich eine rechte Hinderniß von Intriguen ist der sonst feine und lobenswürdige Einfall der Postdirecktoren in Deutschland, durch den eine unzählige Menge von Tugenden des Jahrs erhalten werden, daß sie statt den englischen Postkutschen und Maschinen, in denen sich eine schwangere Princessin weder schämen noch fürchten dürfte zu reißen, die so beliebten offnen Mistwagen eingeführt haben. Denn was die comoden Kutschen in England und ihre vortrefflichen Wege für Schaden thun ist mit Worten nicht auszudrücken. Für das erste, wenn ein Mädchen mit ihrem Liebhaber aus London des Abends durchgeht, so kan sie in Franckreich seyn ehe der Vater aufwacht, oder in Schottland ehe er mit seinen Verwandten zu einem Entschluß kommt, so daß daher ein Schrifftsteller weder die Feen, noch die Zauberer noch Talismane nöthig hat, denn wenn er sein Paar nur bis nach Charingcross oder Hyde park corner bringen kan, so sind sie so sicher als wenn sie in des Weber Meleks* Kasten wären. Hingegen in Deutschland wenn auch der Vater den Verlust seiner Tochter erst am dritten Tage gewahr würde, wenn er nur weiß daß sie mit der Post gegangen ist, so kan er sie zu Pferde immer auf [der] dritten

* Weber Melek S. den III^{ten} Tag im Persischen Mährgen

Station wieder kriegen. Ferner bringen Episoden zum Keim die leider nur allzu guten Gesellschafften in den bequemen Postkutschen in England, die immer voll schöner wohlgekleideter Frauenzimmer stecken, und wo, welches das Parlement nicht leiden solte, die Passagire so sitzen daß sie einander ansehen müssen, wodurch nicht allein eine höchst gefährliche Verwirrung der Augen, sondern zuweilen eine höchst schändliche zum lächeln von beyden Seiten reitzende Verwirrung der Beine, und daraus endlich eine offt nicht mehr aufzulösende Verwirrung der Seelen und Gedancken erstanden ist, so daß mancher ehrliche junge Mensch der von London nach Oxford reißen wolte zum Teufel gereißt ist. So etwas ist nun dem Himmel sey Danck auf unsern Postwagen nicht möglich. Denn erstlich können artige Frauenzimmer sich unmöglich auf einen solchen Wagen setzen, wenn sie sich nicht [in] der Jugend etwas im Zaunbeklettern, Elsternester stechen, Aepfel abmachen und Nüsse prügeln umgesehen haben, denn der Schwung über die Seitenleiter erfordert eine besondere Addresse und wenig unerfahrene Frauenzimmer können ihn ohne Hosen thun wenn sie nicht die unten stehenden Wagenmeister und Stallknechte lachen machen wollen. Für das zweyte, so sizt man, wenn man endlich sizt, so, daß man sich nicht in das Gesicht sieht, und in dieser Stellung können, was man auch dagegen sagen mag, wenigstens Intriguen nicht gut angefangen werden, die Erzählung verliehrt ihre gantze Würtze, und man kan höchstens nur verstehen, was man sagt, aber nicht was man sagen will; endlich so hat man auf den deutschen Postwagen gantz andere Sachen zu thun, als zu plaudern, man muß sich fest halten wenn die Löcher kommen, oder in den schlimmern Fällen sich gehörig zum Sprung spannen; muß auf die Aeste acht geben, und sich zur gehörigen Zeit ducken, damit der Hut oder Kopf sitzen bleibt; die Windseite mercken, und immer die Kleidung an der Seite verstärcken, von der der Angrif geschieht, und regnet es gar, so hat bekanntlich der Mensch die Eigenschafft mit andern Thieren gemein, die nicht in oder auf dem Wasser leben, daß er stille ist, wenn er naß wird, da steht die Unterredung gantz still, und kommt man endlich in einem Wirthshauß an, so geht die Zeit mit andern Dingen hin, der eine trocknet sich, der andere schüttelt sich, der eine kaut seine Brustkuchen und der andere bäht sich den Backen, und was dergleichen Kindereyen mehr sind. Also fallen die Postkutschen Intriguen mit den Postkutschen selbst, den rechten Treibhäusern für Episoden und Entdeckungen schlechterdings weg. [...]

Heinrich von Kleist

AN ULRIKE VON KLEIST

An Fräulein Ulrike von Kleist, Hochwohlgeb. zu Frankfurt an der Oder.

Berlin, den 1. April 1801

Mein liebes Ulrikchen, Du kannst bei der Glogern, Verlorne Straße Nr. 22, absteigen.

Ich schreibe dir hier folgende Berechnung auf, welche Du während Deiner Herreise prüfen kannst.

1. Die Pferde sind, da das Frühjahr und der Marsch (denn es rücken von hier einige Regimenter ins Feld) zusammenkommen, sehr teuer, und wir können rechnen, daß 2 Pferde jetzt wenigstens 10 Fr.dor mehr kosten, als sie unter günstigeren Umständen gekostet haben würden. Sie sind bei unsrer Rückkehr, wo der Winter (und vielleicht auch der Friede) eintritt, sehr wohlfeil, überdies auch nach der Wahrscheinlichkeit schlechter geworden; also kann man rechnen, daß wir wenigstens bei ihrem Verkauf 20 Fr.dor daran verlieren.

2. Sie kosten uns monatlich (mit dem Kutscher) wenigstens 6 Fr.dor, macht für 6 Monate 36 Fr.dor.

3. Man kann Unfälle nach der Wahrscheinlichkeit in Anschlag bringen und etwa annehmen, daß von 10 Reisen durch Krankwerden und Fallen der Pferde eine verunglückt. Man müßte also für jede Reise den 10. Teil des

Pferdepreises in Anschlag bringen, macht, die Pferde zu 50 Fr.dor gerechnet, 5 Fr.dor.

Also	20	Fr.dor.
	36	–
	5	–
Summa	61	Fr.dor.

4. Dagegen kann man rechnen, daß man zwar, durch die Schikane der Postbedienten, der Wagen mag noch so leicht sein, nach der Regel 3 Extrapost-Pferde zu nehmen gezwungen ist; es muß aber durch Geschicklichkeit oft gelingen (besonders in Frankreich, wo man, wie ich häufig höre, sehr wohlfeil reisen soll), mit 2 Pferden wegzukommen; auch kann man gelegentlich mit Bauernpferden reisen. Gesetzt nun, man müßte die Hälfte der ganzen Reise nach Paris, das heißt 60 Meilen, 3 Pferde bezahlen, macht (in preuß. Staaten à 12 gr., in Frankreich aber weit wohlfeiler à 8 gr., also das Mittel à 10 gr.) 60 x 30 = 1800 gr., zweimal genommen (nämlich hin und zurück) 3600 gr. = 150 Rth. Gesetzt ferner, man könnte nur ¼ der ganzen Reise, also 30 Meilen, mit 2 Pferden wegkommen, macht 30 x 20 x 2 = 1200 gr. = 50 Rth. Gesetzt endlich, man könnte nur das letzte Viertel der Reise mit Bauernpferden à 6 gr. fahren, macht 30 x 12 x 2 = 720 gr. = 30 Rth.

Also	150	Rth.
	50	–
	30	–
	230	Rth.

Gesetzt, da alles wohlfeil gerechnet, auch das Biergeld für Postillione vergessen ist, die ganze Reise kostete 70 Rth. mehr, als dieser Anschlag, so würde doch der Betrag nicht größer sein, als 300 Rth.

Dazu kommt, daß wir schneller nach Paris kommen, wo wir uns wohlfeil einmieten können, also in den Wirtshäusern nicht so viel ausgeben.

Endlich ist auch das Betrügen des Kutschers in einem fremden Lande und der Ärger, dem man auf diese Art ausweicht, in Anschlag zu bringen.

Willst Du doch nicht ohne Bedienung reisen (indem wir, wenn wir auf der Hinreise den Brocken besteigen, oder die herrliche Wasserfahrt von Mainz nach Koblenz machen, doch jemanden bei dem Wagen und den Sachen zurücklassen, auch in Paris einen haben müssen, der uns die Stube und Kleider reinigt, Essen holt etc. etc.), so will ich die Hälfte hinzutun, macht etwa 6 Fr.dor für jeden, wobei wir, bei der Ersparung der Biergelder, nicht viel mehr verlieren, als etwa die Hälfte.

Zu einem dritten Reisegesellschafter bin ich weder sehr geneigt, noch ist er leicht zu finden. Brokes und Rühle wären die einzigen, beide sind durch Ämter gefesselt.

Adieu. Ich erwarte Dich Sonnabend. Bringe mir mein Hutfutteral mit. Heinrich.

Georg Christoph Lichtenberg

DIE REISE NACH GOTHA

Die Reise nach Gotha über Wiegleben in einem poetischen Auszug aus dem größeren Werck, dem stechenden Kützel aller Spatzier-Reisenden, zum singen in der Stube in Zeilen mit Endklang gesezt

von

G. C. L.

der Reise Gesellschafft einem.

Ihr Leute, wenn ihr reisen wollt,
So nehmet erst zu Hertzen,
Was ihr anitzo hören sollt
Von Kälte, Noth und Schmertzen.
Nach dem was die Geschichte spricht,
Ist eine solche Klag-Geschicht
Von Süden bis nach Norden
Noch nie erhöret worden.

Von Langensaltza kamen wir
Mit sechsen angefahren.
Es warn der Seelen unser vier,
Die in dem Wagen waren.
Von diesen fuhren rückwärts Ich
Mit Johan Christel Dieterich,
Vorwärts zwo junge Frauen,
Nicht übel anzuschauen.

Gut und geräumlich saßen wir
Vom Kopf bis an die Lenden,
Allein der Beine zweymal vier,
Die konten wir nicht wenden:
Bald wars hier gut und dort nicht recht
Und bald in allen Ecken schlecht
Und immer gab es Sachen
Zum weinen oder lachen.

Da fieng die Nacht vom Untergang
An ihren Trost zu senden.
Flugs wurden unsere Beine lang
und kurtz die Complimenten,
Da drückten, stießen, drängten wir
Aus allen Kräfften alle vier
Die Knie in Reih' und Glieder
Wie Schwestern und wie Brüder.

Bey jedem Kniechen war ein Knie,
Bey jedem Knie ein Kniechen:
In bunter Reihe lagen sie,
Wie Knie gerne liegen.
Nun ward auf einmal Ach und Weh,
Gespenster, Räuber, Umsturtz, Schnee
Mit allen Reise-Plagen
Gantz aus dem Sinn geschlagen.

Leid war mirs nun, daß wir so nah
An Ort und Stelle waren;
Ich wäre bis Batavia
Gar gerne so gefahren.
Da sprach ich heimlich Blieben wir
Doch nur ein bisgen länger hier.
Den Seufzer (ohne Zweifel),
Den hörete der Teufel.

Kaum sagt ich bey mir: *blieben wir,*
So warn wir schon geblieben
Und leider! ward mein: *länger hier*
Nur allzulang getrieben.
Es fluchte, peitschte, senckte sich,
Kurtz: Damen, Dieterich und ich,
wir stacken da in Sachsen
Im Dreck bis an die Achsen.

Ludwig Börne

MONOGRAPHIE DER DEUTSCHEN POSTSCHNECKE

Beitrag zur Naturgeschichte der Mollusken und Testaceen

Es ist sehr einfältig, daß ich gleich vorn sage: ich werde mich in dieser Abhandlung über vaterländische Postwägen satirisch auslassen; denn indem ich durch dieses Geständnis die Überraschung störe, übertrete ich die heilsamsten Polizeigesetze der Redekunst. Aber kann ich anders? Ist nicht zu fürchten, jene gelehrte Überschrift werde alle Leser abschrecken, wenn sie nicht bald erfahren, daß es damit Scherz gewesen? Sie sollte aber keinen abschrecken als den Zensor, zu seinem und meinem Vorteile, und da dieser jetzt schon getäuscht ist und der falsche Paß der verdächtigen Abhandlung glücklich über die Grenze geholfen hat, so ist längere Verstellung unnötig. Wahrlich, Menschenliebe, Mitleid und Rührung durchwärmen mich nie stärker, als wenn ich an einen Zensor denke, der besser ist als sein Amt. Leidet er nicht an den schmerzlichsten aller Plagen, an solchen, die man *gibt?* Muß er nicht, als lebten wir noch in den Zeiten Ludwigs XIV., aller englischen Freiheit in Reden und Gärten gram erscheinen und, ein Schüler des *Le Nôtre*, jeden überrankenden Zweig mit der Schere abschneiden? Darf er andere Blumenbeete dulden als solche, die mit glänzenden Scherben zerbrochener Gefäße übersäet sind? Hat er nicht die vollsten, kühnsten Bäume in Affen, Bären und andere Viehgestalten umzustutzen? Muß ihm nicht selbst oft wehe sein bei seiner Aufsicht über die schnurgerechte Denk- und Schreibart, und wird er nicht jedem Schriftsteller danken, der, gleich mir, ihn überlistet, unter einer naturgeschichtlichen Überschrift über die öffentlichste aller Staatsangelegenheiten, über Postwägen, schreibt und erst, nachdem sich die betastenden Finger entfernt haben, seine Fühlfäden aus dem Schneckenhause streckt? Er dankt mir gewiß. Über Postwägen aber habe ich schon auf früheren Fahrten die besten satirischen Einfälle gefunden, doch sie auch alle wieder verloren. Mein Ideenmagazin ist zu klein und gibt mir keinen Platz, um Gedankenernten, die ich nicht gleich verzehre und niederschreibend verarbeite, aufzuspeichern. Gedanken über Postwägen konnte ich aber nie gleich aufschreiben, da der Stoß *dieser* mit dem Anstoße zu *jenen* immer zusammenfiel. Noch auf meiner letzten Fahrt sah ich, wie einem Commis voyageur, der während des Fahrens einen badenschen Kupferkreuzer, den er durch den Schlag einem Bettler zugeworfen, seinem Prinzipalen zur Rechnung bringen wollte, durch das Rütteln des Wagens so stark die Hand schwankte, daß das 1 statt in die Kreuzer- in die Guldenreihe kam, worüber der junge Mensch ganz untröstlich war; denn, sagte er, es sei nicht mehr zu ändern, da er sich durch Radieren bei seinem Prinzipalen verdächtig machen würde.

Ich brauche nur fortzufahren, denn wie ich merke, bin ich, ohne darauf zu denken, bereits satirisch gewesen. Es wäre Unverstand von mir, wenn ich das langsame Fahren der Postwägen innerhalb der Städte aus dem Grunde tadeln wollte, weil Knigge in seinem Buche *Über den Umgang mit Menschen* das Gegenteil anratet. Knigge nämlich sagt, in Städten solle man schnell fahren, damit, wenn am Wagen etwas Zerbrechliches sei, er da zerbräche, wo Hülfe in der Nähe wäre. Kondukteurs und Postillione können hinlänglich beweisen, daß sie jenes Werk über feine Lebensart niemals gelesen haben; vielmehr sind die Vorteile dieses langsamen Fahrens auffallend. Nach den Fenstern guter Freundinnen kann man oft und lange zurücksehen; guten Freunden begegnet man zweimal auf der Straße; hat ein Reisender vergessen, seine Rechnung im Gasthause zu bezahlen, so kann ihm der Wirt nachgehen und ihn daran erinnern. Ein Ehemann, der mit mir nach Stuttgart gereist wäre und 15 Minuten auf dem Wege vom Rahmhofe bis zur Brücke zugebracht hätte, würde sich getröstet und gedacht haben: jetzt endlich hat die Teure ihre Tränen getrocknet, und ich will es auch tun und mich den Eindrücken der schönen Natur hingeben, sobald ich draußen bin vor dem Affentore. Ohne jenes langsame Fahren hätte der mitreisende Franzose niemals seinen Dukaten Silbermünze wiedergefunden. Er sagte mir nämlich auf der Zeil, er habe einen Dukaten wechseln lassen und sei dabei ganz gewiß betrogen worden, denn alle Kaufleute wären Spitzbuben; ich möchte so gut sein und das Geld nachzählen. Als ich ihm bemerkte, ich sei kein Handelsmann, erwiderte er in logischer Zerstreuung: *Tout le monde est marchand ici.* Ich fing an zu zählen, da kam aber einer jener fürchterlichen Erdstöße, die unter dem Himmel der Postwägen so häufig sind, und schleuderte das Geld aus meiner Hand zum Wagen hinaus. Der Franzose stieg aus, und hatte schon nach fünf Minuten den letzten Groschen von der Fahrgasse wieder aufgelesen, worauf er dem Postillion zurief, er könne jetzt fortfahren. So eitel war der Narr, daß er sich einbildete, man hätte seinetwegen stillgehalten, welches gar nicht der Fall gewesen.

Schwerer aber ist zu entschuldigen, daß das langsame Fahren auch auf der Landstraße fortgesetzt wird. Zwar kann man dafür folgenden nicht unbedeutenden Rechtfertigungsgrund anführen. Der plötzliche Wechsel der Schritte, von langsamen zu geschwinden und umgekehrt, ist den Pferden, wie bekanntlich, sehr schädlich. Da nun nach obigem in Städten und Dörfern langsam gefahren werden müsse und das ganze Land zwischen Frankfurt und Stuttgart so gesegnet und bevölkert ist, daß jede halbe Stunde ein Dorf oder eine Stadt liegt, so könne man nie dazu kommen, rasch zu fahren. Denn habe man, aus einem Orte kommend, den langsamen Schritt eine Viertelstunde fortgesetzt, so müsse man ihn wegen des nächsten Ortes zur Vermeidung des schnellen Wechsels von neuem anfangen und so immer weiter. Dem ist allerdings so; doch der Grund *gegen* das langsame Fahren auf der Landstraße ist von größerem Gewichte. Menschen- und Pferdekenner wissen, daß langsames Gehen am meisten ermüdet, weil man dabei länger gehen und mehr Schritte machen muß. Wirklich waren Kondukteur,

Postillion und Pferde bald so abgemattet, daß sie schon in Sprendlingen liegen bleiben mußten, um sich zu stärken. Dort hatte ich einen ganzen Schoppen Zeit, durch Horchen und Fragen herauszubringen, daß die junge schöne Frau, die mir im Wagen gegenübersaß, die Neuvermählte ihres Begleiters sei, der sie vor neun Wochen in Memel, ihrem Geburtsorte, geheiratet hatte und am Tage nach der Hochzeit mit ihr abgereist war, um sie nach Triest in sein elterliches Haus zu bringen. Er hatte sich auf dem Wege nach Frankfurt nicht länger aufgehalten als der Postwagen. Der Gedanke erquickte mich ungemein, daß diese junge Frau soviel glücklicher sei, als andere Neuvermählten, weil sie, statt der üblichen Flitterwochen, sich langer Flittermonate erfreuen dürfe; denn der erste häusliche Zwist kann nur zu Hause, aber in keinem Postwagen entstehen. Ja, ich trieb die Sache weiter, ich bedachte, wie sehr die schlechten Herbstwege die Fahrt verzögern müssen, und berechnete, daß die harrenden Schwiegermutter in Triest nicht bloß eine geliebte Schwiegertochter, sondern auch einen Enkel werde bewillkommen und küssen können.

In *Langen,* als der ersten Station oder Bet[t]fahrt, dachte ich gar nichts, sondern schlief während dem Umspannen der Pferde sanft im Bette, um nachzuholen, was ich in der vorigen Nacht wegen der Abschiedszeche versäumt hatte. Wir kamen um halb sechs Uhr abends in Darmstadt an. Dies war gewiß gut gefahren; denn erst um zwölf Uhr hatten wir Frankfurt verlassen, und mich, der ich in ebensoviel Zeit den Weg zu Fuß mache, pflegen gute Freunde einen guten Fußgänger zu nennen. Wieviel schwerer aber ein beladener Postwagen fortzubringen sei als ein 120pfündiger Doktor, bedenke man gehörig! In Darmstadt hatte ich sowohl *am* als *im Darmstädter Hofe* – welcher auch der Wiener Hof genannt werden könnte, denn der Wirt jenes Gasthauses heißt *Wiener* – folgende gute Gedanken. Ich zog eine künftige Zeit ganz nahe zu meiner Einbildungskraft herbei, eine schönere Zeit, da man nicht mehr die schlechten Menschen zu geheimen Aufsehern über die guten bestellt, sondern umgekehrt. Ich dachte mir, wieviel besser es alsdann sein würde, wenn lohnsüchtige Wächter durch erlogene Gefahren nicht länger Fürsten und Völker mit Argwohn erfüllten und sie ängstigten. Alsdann, dachte ich, wird man mich wohl auch zum geheimen Kundschafter gebrauchen, und irgendein unsichtbarer Ober-Tugend-Direktor gibt mir den Auftrag, Deutschland zu durchreisen, um die Stimmung des Volks zu untersuchen und zu erforschen, ob nirgends unzärtliche verdächtige Triebe sich offenbarten. Ich wäre hierauf eiligst von Frankfurt abgereist und hätte aus dem *Darmstädter Hofe* zu Darmstadt folgendes berichtet:

„Herr geheimer Ober-Tugend-Direktor!

Zufolge erhaltenen Auftrags bin ich heute mittag um zwölf Uhr von Frankfurt im Postwagen abgegangen und um halb sechs Uhr abends in Darmstadt angekommen, von wo aus ich die Ehre habe, Ihnen zu berichten. Wenn ich nicht fürchtete, Zweifel gegen meinen Diensteifer zu erregen, so würde ich sogleich wieder zurückreisen, da der Zweck meiner Sendung schon vollkommen erreicht ist. Ich habe auf dem ganzen zurückgelegten Wege auch keine Spur von dem gefährlichen bösen Geiste der Einwohner, sondern im Gegenteile überall einen guten gefunden. Zugleich aber sind mir die stärksten Beweise geworden, daß der nämliche gute Geist das ganze deutsche Volk beseelt. Der *Postwagen* überzeugte mich davon. Posthalter, Kondukteurs, Postillione, Wagenmeister, Packer wie überhaupt das ganze Hochfürstlich Thurn-und-Taxischfahrende Personal gehen bei ihrem Geschäft mit solcher Bedächtigkeit zu Werke, daß man wohl sieht, es sind gute, ruhige Bürger, die Deutschen, die nichts Gewagtes unternehmen. Desgleichen die Passagiere, deren keiner über das langsame Fahren ungeduldig wurde und etwas aus der Haut fuhr. Ja, selbst der junge Mann, der in Heilbronn Hochzeit machen wollte, zeigte mehr Zufriedenheit als Unzufriedenheit, daß der Wagen zwischen Frankfurt und Darmstadt sich dreimal erquickte mit Wein und kalten Speisen, nämlich in Sprendlingen, Langen und Arheiligen. Beweist nicht schon das häufige Trinken die besten Gesinnungen? Menschen, die verdächtige Gedanken hegen, sind auf ihrer Hut und trinken Wasser, weswegen auch die Diligencenpostillione im revolutionssüchtigen Frankreich kein Trinkgeld fordern, damit sie nicht versucht werden zu trinken. Sie werden, Herr geheimer Ober-Tugend-Direktor, aus dem Gesagten mit Vergnügen entnehmen, daß in Deutschland alles ruhig ist und bleiben wird; denn Sie sind viel zu gerecht, eine einzige Ausnahme dem ganzen Volke anzurechnen. Eine solche Ausnahme ist mir allerdings aufgestoßen. Unter den Passagieren war einer, der durch seine Unzufriedenheit mit der bestehenden Ordnung der Postdinge deutliche Spuren neologischer Denkungsart zeigte. Er trippelte vor Ungeduld mit den Füßen, schnalzte mit den Fingern und gebärdete sich überhaupt wie toll. Mehrere Male rief er den Postillionen zu, sie sollten doch in's Teufels Namen nicht so rasch fahren, er verliere den Atem, er werde schwindlig, und die schönsten Gegenden flögen an ihm vorüber. Ich hörte, wie jener Passagier auf der Station Langen zum Postillion sagte: ‚Ehrwürdiger Greis, wie Ihr doch noch so sehr munter und rüstig seid! Da habt Ihr nicht bloß die 8 kr. Taxe, sondern noch 2 weitere, und macht Euren jüngsten Enkeln, die noch unverheiratet sein können, eine Freude damit!' Dies war deutlich genug gespottet. Ja, in Arheiligen, da der Kondukteur etwas Wein zu sich nahm, spottete er noch offener und sagte, es wäre zweckmäßig, wenn in jedem Postwagen ein Hochfürstlich Thurn-und-Taxisches Stückfaß gestellt würde, damit das fahrende und gefahrene Personal daraus zapfen und trinken könnte, ohne sich aufzuhalten, und eine vollständige Restauration der Postwägen sei noch wünschenswerter. Dieser gefährliche Passagier hat noch auf andere Weise seine verdächtigen Gesinnungen an den Tag gelegt. In Darmstadt machte er beim Aussteigen einen großen Sprung über einen Kothaufen, ob er zwar sehr bequem hätte durchgehen können. Es ist gar nicht zu zweifeln, daß er hierbei ein Turnziel zu erreichen gesucht.

Bei solchen bedenklichen Zeichen habe ich jenen gefährlichen Passagier stets im Auge behalten und werde ihn ferner beobachten, auch ihn durch andere Vertrauten beobachten lassen. Ich bin so gewisser, daß er keinen Schritt tun und kein Wort reden kann, das ich nicht erführe, da ich selbst dieser Passagier bin. In Stuttgart werde ich die Ehre haben, Ihnen weiter zu berichten. Genehmigen Sie, Herr geheimer Ober-Tugend-Direktor, die Versicherung meiner Hochachtung."

Ich wollte eben den Brief versiegeln, da trat der Kondukteur in die Gaststube des *Darmstädter Hofes* und lärmte stark. Er fragte mich, ob ich denn nicht wisse, daß ich auf einem Postwagen fahre, der keinen Augenblick Zeit verliere und auf niemanden warte. Ich solle eilen, denn er könne sich nicht länger aufhalten, als bis er seinen Schoppen Wein werde getrunken haben, den ich ihm soeben hätte vorsetzen lassen. Nach einer halben Stunde gingen wir beide ans Posthaus, und wirklich war der Sattelgaul schon vorgespannt. Ich erschrak; wie leicht hätte ich zu spät kommen können!

Von der Nacht habe ich nichts mitzuteilen,.Nur wenigen guten Freunden (ich reiche nicht weiter) fülle ich ein Glas von meiner echten Bergsträßer Freudenstation. Ich erwachte wie ein Mühlknappe aus dem festesten Schlafe, da die Räde stillstanden und nicht mehr klapperten. Der Wagen hielt vor der Posthalterei – eines Dorfes, wie ich dachte; denn das Haus lag abgesondert von dem Orte, und man konnte nicht merken, daß es einem Städtchen zugehöre. Ich trat hinein, stieg eine Treppe hinauf und öffnete rasch und gebieterisch die Stubentüre. Nichts anderes suchte ich als einen Schnaps und die dazugehörigen Umgebungen, aber was traf ich, und wie ward ich betroffen! Um einen städtisch geordneten Abendtisch saßen vierundzwanzig Augen (worunter mehrere schön), die frugen mich alle zugleich, was ich hier wollte? Mir aber war im Innern voller Jämmerlichkeit, im Bewußtsein meiner äußern. Einem vom Viehmarkte heimkehrenden Ochsentreiber sah ich nicht sowohl ähnlich als gleich. Die brünette Nachtmütze auf dem Kopfe war mit einem Schnupftuche umwunden, nicht zu mehrerer Wärme des Kopfes, sondern zu größerer Sicherheit der Mütze. Der Postwagen nämlich hatte gleich einem jungen muntern Kater seine Freude daran, mit der Mütze zu spielen, er machte häufige Sprünge und warf sie in die Höhe; da mußte ich sie festbinden. Eine angeschneite Halsbinde hing als gewässertes Ordensband in weiten Kreisen um meinen Nacken. Mein Ganzes umgab ein schabiger Biber. Ich riß beim Eintreten schnell Mütze und Tuch vom Kopfe und sagte halb fragend, halb positiv: „Ich weiß nicht, ob ich recht bin?“ Die Postmeisterin sagte: „ja“ und hieß mich Platz nehmen, indem sie den nahe am Tische stehenden leeren Stuhl etwas zurückschob. Diese Exkommunikation aus der Familiengemeinde fuhr wie ein Bannstrahl durch mein Herz und zündete. Ich fühlte, wie fremd ein Fremder sei in jedem häuslichen Kreise, wo Liebe wohnt, und daß er nur da nicht störe, wo er kein Glück zu stören findet. Kleiner war mein Kummer, daß ich hungerte, und zu der traurigen Scheidung vom Bette auch die Scheidung vom Tische kam. Als endlich der Blitz ausgebrannt hatte, ward ich kalt, erbost, ich dachte höhnisch: Kleider machen Leute, und schlug meinen Mantel zurück, damit die ganze Gesellschaft den eleganten englischen Frack darunter sähe, wie ihn wohl kein Ochsentreiber zu tragen pflegt. Aber ich Unglückseliger hatte vergessen, daß ich in Darmstadt den Frack weggelegt und ein Nachtpelz angezogen hatte, der aus mehreren Katzenfellen ganz elend zusammengesetzt war. Jetzt fühlte ich, daß meine gekränkte Eitelkeit errötete, und ich eilte, das Befestigungstuch in meiner rechten Hand als Maske meiner Verlegenheit zu gebrauchen. Aber mein böser Geist verfolgte mich; mit dem Tuche war noch die Mütze verwickelt, und so machte ich mir, als wolle ich die ganze Post verhöhnen, eine lange baumwollene Nase, deren Spitze die hundertästige Quaste bildete. Jetzt konnte es der Posthalter nicht länger aushalten, das Lachen stand ihm schon an der Unterlippe; er ergriff schnell ein Glas und trank, aber das Weinwasser war zu seicht, er konnte das Lachen nicht ertränken, und es kam lebendig aus dem Glase wieder hervor. Es platzte los; ich glühte.

Da erbarmte sich meiner ein Engel in der höchsten Not, die Tochter des Posthauses. Ihre zwei dunkelblauen italienischen Nachthimmel strahlten die süßesten Sterne auf den Geliebten herab, der an der Seite des Mädchens saß und, zur Gitarre singend, mit fröhlichen und schmachtenden Liedern in das Herz und Auge der seligen Braut einzog. Das seidenumsponnene Köpfchen lag auf seiner Schulter, und ihr Arm war zwischen dem seinigen und, von dem roten Bande der Gitarre umringelt, gar wunderlieblich geflochten. „Wilhelm“, sprach sie, sanft seine Hand und das Spiel hemmend, „so einen Tigerpelz, wie der Herr hat, mußt du dir kommen lassen, der hält wohl warm.“ Ich dankte es dem guten Mädchen, das meinem schüchternen Katzenfelle durch Erwähnung seiner vornehmen Verwandten Mut einsprach. Sie frug mich nach dem Ziele meiner Reise, und das Tauwetter ihrer warmen Stimme schmolz das Eis um meinem Herzen. Jetzt folgte Vater und Mutter der freundlichen Führung der Tochter, man lud mich zum Punsche ein, ich rückte den Stuhl näher an den Tisch und pries zum ersten Male die zögernde Fahrt. Eine Stunde schlich diebischleise vorüber. Ich stieg in den Wagen, die Stampf- und Walkmühle kam wieder in den Gang, und ich erwachte erst am Morgen an den steinigen Ufern des Neckars.

In Heidelberg hielten wir uns nicht lange auf; ich hatte nur Zeit, sechs Professoren, den Schloßgarten und die nächsten Umgebungen der Stadt zu besuchen. Es waren liebe alte Freunde meiner Studienjahre. Dort machte der Franzose einer Landsmännin Platz. Ich konnte auf dem ganzen Wege nicht recht klug aus ihm werden; denn ich hatte *La police dévoilée par Manuel* und die *Briefe eines reisenden Franzosen über die geheime Polizei in Wien* gelesen und war zu klug daraus geworden. Er war ein großer, starker, zerlumpter Kerl, der sich für einen reisenden Weinkrämer ausgab; aber er hatte seinen *Flassan* im Kopfe so gut als einer und sprach von der Politik des Duc de

Choiseul, als wäre er dessen geheimer Sekretär gewesen. Allerdings war der Kerl verdächtig; denn er war Franzose und erhob die Deutschen über seine eigenen Landsleute. Die ihn zu Heidelberg ablösende Landsmännin wollte eine Gouvernante vorstellen, die nach Lausanne, ihrem Geburtsorte, reiste. Im Postwagen nahm sie ihren Platz und die Passagiere zu gleicher Zeit ein. Hinter dem Schleier, der über das niedliche Spitzenhäubchen herabhing, wetterleuchteten zwei schwüle Augen. Der kleine Mund lächelte bezaubernd, wenn er schwieg und wenn er sprach. Sie warf ein breites Netz aus, dessen Maschen sehr eng waren. Von einem Schreinergesellen, der aus Paris kam, ließ sie sich ein deutsches Zettelchen übersetzen; der Schreiner leimte mühsam, aber stolz und zufrieden die Worte zusammen. Die junge Ehefrau aus Königsberg nahm sie ein, indem sie gegen ihren Gemahl einsilbig war, und diesen gewann sie durch verstohlenes Treten der Fußzehen. Ich selbst betete sie schon aus Dankbarkeit, obzwar im stillen an, da der Strom ihrer Rede mein Tintenfluß war, aus dem ich für den Charakter einer Französin zu einem künftigen Ostern- oder Michaelisromane unaufhörlich schöpfte. Sie setzte ihre feine Aufmerksamkeit sogar fort, wenn wir Passagiere des Nachts schliefen, und sie fragte den Heilbronner Bräutigam im Dunkeln mit der herzlichsten Teilnahme: warum er so stille und zerstreut sei. Unter allen Passagieren war sie gegen mich am artigsten aus keinem anderen Grunde, als weil ich grob war. Denn man gewinnt die Weiber nie häufiger, als wenn man sie für Nieten hält.

Obige Gouvernante ist für unsere Naturgeschichte von der äußersten Wichtigkeit; denn sie sagte über die Physiologie der Postwägen die frappantesten Dinge. Als wir in der Gegend von Neckergemünd aussteigen mußten, weil es bergan ging, bemerkte sie: wenn auf der See ein Schiff erleichtert werden sollte, würden die Güter über Bord geworfen, nicht aber die Mannschaft wie hier. Sie habe überhaupt die traurige Erfahrung gemacht, daß man auf Postwägen die Ballen höher schätze als die Menschen, und jedes gefühlvolle Passagierherz müsse darüber seufzen. Ein Passagier, er möge noch so schwer sein, brauche für seine Person kein Übergewicht zu bezahlen und zahle überhaupt weniger als tote Ware. Ihr Platz nach Stuttgart koste ihr kaum sechs Gulden, und sie wiege doch 100 Pfund brutto, die Fracht für einen Zentner Seidenzeug aber betrüge mehr als das Doppelte. Dieser Tarif beleidige die Würde der menschlichen Natur auf das gröblichste. Auf den Stationen würden beim Auf- und Abladen des Wagens die Pakete mit der ängstlichsten Sorgfalt nachgezählt und nicht eher weitergefahren, bis man sich versichert, daß keines fehle. Um die Passagiere aber bekümmere man sich nicht, und sobald der Kondukteur sich satt getrunken habe, fahre man fort, mag zurückgeblieben sein, wer da wolle … Jetzt konnte es der Kondukteur *in concreto*, der hinter ihr herging, nicht länger aushalten. Er ward giftig und sagte (als Rheinländer und rezidiver Patriot): ja, *ci- devant*, werde Mademoiselle mit 4 Einquartierungspferden *dans une voiture générale* bequemer gefahren sein, das habe sich aber jetzt geändert.

Er wollte sagen: *in einem Generalswagen.* Die Französin verstand ihn aber nicht und fuhr in der Weise des Boileau fort. Ja, zu Heilbronn im *Falken* machte sie es ärger und hielt an der Wirtstafel öffentliche satirische Vorlesungen über unsere vaterländischen Postwägen. Sie frug, warum so ein *lourd animal „diligence"* hieße und nicht, was richtiger wäre, *paresse* oder *négligence.* Man solle ihr Kamillentee machen, sie sei von dem starken Schaukeln ganz seekrank geworden, und es wäre ihr jämmerlich um das Herz. Ob es hierzulande nicht bekannt wäre, daß man, wenn die See hoch ginge, die steilen Wogen durch ausgegossenes Öl breche und hierdurch dem Schiffe einen sanften Weg bahnte; warum man Achsen, Federn und sonstiges Eisenwerk des Postwagens durch einiges Öl nicht ebenfalls geschmeidiger zu machen suche. Die langsame Fahrt des Postwagens habe ihr schon einmal ein großes Glück vereitelt. Sie sei nämlich unter sehr vorteilhaften Bedingungen von Stralsund nach der Gegend von Halberstadt berufen worden, um bei der Tochter einer Landedelfrau Erzieherin zu werden. Einen Tag nach Empfange der Einladung wäre sie auch schon im Postwagen gesessen. Als sie aber an Ort und Stelle gekommen, habe sie ihren Zögling als Gattin gefunden. Während ihrer Schneckenfahrt hätte sich das Fräulein in einen jungen Husarenoffizier verliebt und denselben nach langem Widerstande der Eltern endlich geheiratet. Mit Not hätte sie ihre Reisekosten wieder erstattet bekommen … Einen reisenden Flötisten an der Wirtstafel fragte sie, ob er niemals auf die vielen Instrumente achtgehabt, die alle der Postwagen spiele? Sie habe sich erstaunt über die mannigfaltigen Laute, die er bald gleichzeitig, bald abwechselnd während des Fahrens von sich gebe. Er ächze, seufze, stöhne, klappere, grunze, schnurre, rassele, zische, maue, belle, knurre, schnattere, quäke, brumme, klimpere, pfeife, murmele, schluchze, singe, klage und schmolle. (Die muntere Französin machte alle die hergezählten Laute mit Zunge und Lippen akustisch nach, welches artig genug war.) Alle Klagetöne des Jeremias gäbe er von sich. Sie habe im Sächsischen vierundzwanzig solcher Jammertonarten gezählt und auch durch fleißiges Nachforschen jedesmal deren Entstehung entdeckt. Bald klimperte das Wagenfenster in seiner Fuge, bald rasselte die Kette des Hemmschuhes, bald ächzte der lederne Sitz unter dem grausamen Drucke seiner sechs Tyrannen. Nur ein einziges Mal habe sie einen gewissen Tongrund unergründlich gefunden, durch Beharrlichkeit aber ihn doch endlich entdeckt. Das ohrenzerreißende Klappern sei von zwei sechspfündigen Vorhängeschlössern entstanden, welche die Pakete in dem Sitzkasten des Postwagens ängstlicher schützten, als nötig war. Dieses mörderische Geklapper sei ihr so lästig gefallen, daß sie auf der nächsten Station, nachdem die übrigen Passagiere ausgestiegen waren, vermittelst eines Fadens die Schlösser geschickt befestigt habe, damit sie sich nicht mehr rühren können. Über diese Arbeit habe sie der Kondukteur ertappt und sie als Postdiebin angeklagt. Der Amtmann, dem sie vorgeführt, hätte sie eine Cartouche, eine Schinderjohanna genannt; denn, habe er gesagt, er wisse recht gut, wie es die Spitzbuben machten, und daß sie vermittelst eines Zwirnfadens die festesten Vorhängeschlösser öffnen können. Sie sei damals in große Not gekommen, und nur mit Mühe wäre es ihr gelungen, durch Vorzeigen vielen Geldes, und indem sie, den reichsten und mächtigsten Fürsten gleich, vor einem gefallenen Napoleon sich zu bücken verschmähte und kaum hinabsah, den Richter von ihrem Überflusse und ihrer Unschuld zu überzeugen. Während der Untersuchung sei der Postwagen abgefahren und habe einen Vorsprung von zwei Stunden genommen, weswegen sie genötigt gewesen, mit Extrapost nachzueilen, und ob sie zwar schon nach einer halben Stunde den Wagen wiedereingeholt und die Extrapost zurückgeschickt habe, hätte sie doch die ganze Station zahlen müssen.

Nur Bosheit kann es für Bosheit erklären, daß die Französin auf gemeldete Weise länger als zwei Stunden ironisch war. Hatte sie nicht mit der Zeit dazu (die Zögerung des Postwagens verschaffte sie) zugleich das Recht dazu erlangt? Was sie über verwandte deutsche Angelegenheiten pythisch sprach (der Glühweinnapf gab die delphischen Dünste), verschweige ich mehr unwillig als freiwillig. Ich half ihr mit größerer Hochachtung und weniger Geschicklichkeit *in* den Wagen, als ich ihr neun Viertelstunden früher *heraus* geholfen hatte. Der Bräutigam blieb zu Heilbronn zurück, aber sein Herz machte als blinder Passagier noch die ganze Nachtreise mit. Er hatte bald in den Gesichtszügen der schönen Französin mehr Unähnlichkeit als Ähnlichkeit mit seiner Braut gefunden, und seine Blicke sangen unter vollständiger Seufzerbegleitung die rührendsten Liebeslieder. Deutsche Mädchen könnten die Treue ihrer Liebhaber auf keine bessere Probe stellen, als wenn sie sie eine funfzig Meilen weite Reise auf einem vaterländischen Postwagen machen und sie nach der Rückkunft schwören ließen, daß auf dieser Ulyssesfahrt nie eine Circe ihr Heimweh gemildert habe. Wenn sie nicht falsch schwören, dürfen sich die guten Mädchen wenigstens auf 52 Flitterwochen Hoffnung machen.

Eine Stunde hinter Heilbronn, um Mitternacht, hielt der Wagen auf freiem Felde still. Die Türe wurde hastig aufgerissen, und eine fürchterliche Gestalt in langem Barte und Schwert an der Seite drohte einzusteigen. Der Neuvermählte schrie: „Herr Jesus!" Seine Frau wollte schnell ihre Ohrringe abziehen und kneipte mir mit den Worten: „Da, lieber Herr!" so fürchterlich ins Ohr, daß ich später mein zaghaftes Schreckgeschrei verschönernd in einen Schmerzesruf verwandeln konnte; die Französin sagte gelassen: „Hätten wir nur eine Laterne" (sie hoffte, der Räuber würde sie schonen, sobald er sie sähe); der Schreinergesell blieb ruhig. Wir wurden es auch alle wieder, da der Kondukteur erklärte, der Herr wolle ein wenig einsteigen, weil es schneie. Der Fußgänger, der, wie sich später ergab, um sich abzuhärten, gern in Winternächten reiste, nahm den Bräutigamsplatz an der Seite der Französin ein. Er verriet bald durch Worte und Taten, daß er sich vor kurzem aus einer Turnpflanzschule gerissen (einige Erde hing ihm noch an der Wurzel), und daß er sich nach Ludwigsburg zu versetzen gedenke, um dort Ableger zu machen. Als die Französin ihre Sprache, die sie keineswegs verloren, sondern nur versteckt hatte, wieder herbeigeholt, ließ der Turnsetzling das Wagenfenster nieder und sagte, er müsse Luft schöpfen. Es werde ihm immer engbrüstig, sobald er die Sprache des Erbfeindes höre. In seiner baldigen Erziehungsanstalt werde er, zum Nutzen seiner Zöglinge, die das Französische unglücklicherweise früher kennen gelernt als ihn, eine falsche französische Grammatik und ein desgleichen Wörterbuch drucken lassen, damit sie es daraus wieder verlernten. Auch dürften sie nie eine Halsbinde tragen. Er kenne nichts, was die Stabilität der Zwingherrschaft stärker schütze als jene beiden Dinge. Der verderbliche Einfluß der französischen Sprache sei jedermann hinlänglich bekannt; der der Halsbinden aber weniger. Eine Halsbinde bilde eine unübersteigliche Mauer zwischen Kopf und Herz, weswegen beide nie zusammenkommen könnten. Darum wären auch die Soldatenhälse am engsten zugeschnürt. Die Weiber, welche keine tragen, dächten gefühlvoller und fühlten verständiger; sie hätten stets Liebe im Kopfe und liebten nie ohne vernünftigen Zweck. Die freien Griechen hätten nie Halsbinden getragen.

Die Französin erfuhr früher aus den Handlungen als aus den Reden des Turners (sie verstand das Deutsche wenig), daß er die Höflichkeit zu den Lasten des Erbfeindes zähle. Wir männlichen Passagiere alle hatten uns aus Rücksicht ihrer auf der ganzen Reise des Rauchens enthalten. Als ich mir hinter Heidelberg die erste Pfeife gestopft, wußte sie (noch hatte der Zunder im Kopfe nicht gezündet) ein vorläufiges Husten geschickt nachzumachen und sagte, der Rauch mache ihr Reiz. „Sie haben dann einen Reiz mehr", hatte ich artig erwidert. Sie faßte dankend den Sinn, ohne die Worte zu verstehen, wie man bemerken kann, daß selbst ein zweijährig lallendes Mädchen lächelt, wenn man ihm etwas Schönes sagt. Aber es half mich nichts. Sie sagte, als Französin sei ihr Vaterland überall, und wie ich wissen werde, sei das Rauchen ausländischen Tabaks in Frankreich verboten. Ich mußte nachgeben. Aber der Turner bekümmerte sich nicht darum und dampfte. In Besigheim auf der Station führte die Französin Klage beim Posthalter und berief sich auf ihren Heidelberger Postzettel, worin es heißt: „Das Rauchen ist untersagt." Der Turner zeigte einen Stuttgarter Postzettel vor, der ihm vor wenigen Tagen nach Heidelberg ausgefertigt worden und worin es Art. 15 heißt, das Rauchen aus wohlverschlossenen Pfeifen sei erlaubt; nun aber könne nicht geleugnet werden, daß es ganz der nämliche Weg sei, der von Heidelberg nach Stuttgart und von Stuttgart nach Heidelberg führe. Der Posthalter wagte weder das badensche noch das württemberger Landrecht zu beleidigen und enthielt sich der Entscheidung. Ich aber hatte einen glücklichen Gedanken. Ich trat ernst vor den Turner hin und sprach: „O Bruder!" Darauf holte er aus dem Wagen einen Aschenkrug, der auf dem Leichenfelde der zweiundzwanzigsten Legion in der Nähe von Mainz ausgegraben worden war. Daraus schenkte er mir Met in ein Horn ein und trank mir zu. Wir ließen die freundschaftstiftenden Poststationen hochleben. Kurz vor dem Einsteigen sagte ich dem Teutonen: „Bruder, du bist ein Narr! Dir es mündlich zu beweisen, ist jetzt die Zeit zu kurz. Ich will es aber schriftlich in meiner Monographie der deutschen Postschnecke dartun." Er wolle sich gedulden, sagte er. Darauf fuhren wir weiter.

In Ludwigsburg frug ich den Kondukteur, warum der schwerbeladene, nur mit zwei Pferden bespannte Beiwagen dem mit vieren bespannten Postwagen hart vorführe, wodurch der Lauf des letzteren notwendig gehemmt werden müßte? Er antwortete, dieses sei notwendig, die Hochfürstlich Thurn-und-Taxischen fahrenden Postpferde hätten zuviel Feuer und würden, um den Peitschenhieben auszuweichen, zu arg rennen, wenn man ihnen nicht, gleich den Soldaten beim Spitzrutenlaufen, ein gelassenes Hindernis vorangehen ließe. „Dieses erfahre ich noch zur rechten Zeit", bemerkte ich. „Ich hatte geglaubt, die Pferde gingen vorsätzlich aus unverzeihlicher Trägheit so langsam, und ich wollte in meiner wahrscheinlichen Satire über die vaterländischen Postwägen den Rat erteilen, man solle den Gäulen vor dem Anspannen einige Originalfläschchen von den so beliebten als *magenstärkenden* Diabolini, mit welchen der Konditor Schnell in Frankfurt bestens versehen ist, verschlucken lassen, damit sie den Teufel in den Leib bekämen und toll fortrennten, um eher zum Stalle in den Kreis der ihrigen zurückzukehren. Jetzt aber sind sie überflüssig, der Teufel und der Rat." „Allerdings sind sie das", erwiderte der verständige Kondukteur. „Sie glauben nicht", fuhr er fort,

„welche große Mühe eine hohe Viehpolizei hat, das Feuer der raschen Tiere zu mäßigen, und wie wehe es ihr selbst tut, den Mißbrauch der tierischen Freiheit nicht anders verhüten zu können als durch das Verbot ihres vernünftigen Gebrauches. (Hier sah ich den Wagen- und Passagieraufseher mit dummen Augen an und zog meine Fühlhörner vorsichtig in mein Schneckenhaus zurück.) Der nicht bloß mit Habe und Gut der einzelnen, sondern auch mit steuerpflichtigen Bürgern und Staatsgeldern reich beladene Postwagen würde in Trümmer gehen, wenn man den vorgespannten Pferden freien Lauf ließe. Nur durch die schwerfälligsten Postwagen sei dieser zu hemmen, weswegen auch jeder Wagen, sobald er durch einigen Gebrauch abgeschliffener, geschmeidiger und leichter geworden wäre, sogleich ab- und dafür neue alte angeschafft würden, wie Sie sich am nächsten 8. Dezember in Frankfurt überzeugen können, wo die Fürstlich Thurn-und-Taxische Hauptexpedition fahrender Posten im Rahmhofe zwei für den Dienst nicht mehr verwendbare Diligencen öffentlich an den Meistbietenden, mit Vorbehalt höherer Ratifikation einer hochpreislichen Generalpostdirektion, würde versteigern lassen. Jenen beiden Diligencen fehlt es aber an nichts als an Gewicht."

In Ludwigsburg räumte der altdeutsche Nachzügler und Spätturner seinen Platz Nr. 6 einem Manne ein, der sehr niedergeschlagen schien und in der hohen Postwagenversammlung nur Sitz und keine Stimme nahm. Erst eine Stunde später munterte ihn die Präsidialstimme (die der Französin) zum Reden und Klagen auf. Er sei ein Hutmachermeister, erzählte er, und in Ludwigsburg wohnhaft. Vor einigen Monaten sei er von der Wanderschaft zurückgekommen und habe bald darauf eine Frau und das Meisterrecht genommen. Sein Schwiegervater, ein Weinwirt, habe ein glänzendes Hochzeitsfest gegeben und die feinsten, gebildetsten Honoratioren als starke Hutkonsumenten dazu eingeladen. Die Gäste, als sie spät am Morgen weggegangen, hätten ihren Dank nur stammeln können, so voll sei ihnen Kopf und Herz gewesen. Zwei Tage später sei ihm dieser und jener der Hochzeitsgäste auf der Straße in den Weg gekommen, und da habe er mit mehr Verdruß als Erstaunen bemerkt, daß ihn keiner bald mehr habe kennen wollen. Es hätte niemand den Hut vor ihm abgezogen, und höchstens habe man mit einer leichten Handbewegung seinen Gruß erwidert. Darüber sei er nun in keine große Verwunderung geraten; denn auf seiner Wanderung habe er die vornehme Welt hinlänglich kennen gelernt und erfahren, daß, wenn sie es auch nicht immer verschmäht, sich mit den Geringern gemeinschaftlich zu vergnügen, der Schlamm ihrer Gesinnung doch jedesmal wieder zum Vorschein komme, sobald die Weinüberschwemmung abgelaufen sei. Er für seine Person habe im Herzen die Hochmütigen verlacht und, seines Gewerbes eingedenk, die Höflichkeit gegen sie verdoppelt, indem er seinen Hut als sein ambulantes Warenschild und Muster stark vor ihnen geschwenkt. Eines Tages, da er diesen vor einem Gerichtsassessor, der auch bei seiner Hochzeit gewesen, besonders tief geneigt, sei jener zu ihm getreten und habe erzürnt gesprochen:

„Wie können sie sich unterstehen, den Hut vor mir abzuziehen? Sie sind ein Flegel, wissen sie das?" Er, Hutmachermeister, habe dem Erzürnten kalt und unbeweglich wie ein Schneemann nachgesehen und einer ganzen Viertelstunde bedurft, um von den Straßensteinen wieder loszufrieren. Selbst seine Frau, die den Assessor als einen sonst lieben Menschen gekannt, da er in ihrer elterlichen Weinstube oft gesessen, habe gesagt, sie könne nicht klug daraus werden. Aber noch am nämlichen Tage habe sich das Rätsel gelöst. Die Hutmachergeschwornen hatten auf den Abend sämtliche Meister zusammenberufen lassen und ihnen vorgestellt, daß dem Handwerke große Gefahr drohe. Die gebildetsten Stände der Stadt hätten sich nämlich vereinigt, gemeinschaftlich grob zu sein, den Hut nicht mehr voreinander abzuziehen, sondern sich beim Begegnen bloß starr anzusehen. Was in dieser Not zu tun sei? Aber keiner habe Rat gewußt. Wie nun seitdem das Nichthutabnehmen täglich zunehme, nehme der Hutverbrauch täglich ab, und sechs brot- und hoffnungslose Meister hätten sich vorgenommen, nach Rußland auszuwandern. Er, Passagier, reise nach Stuttgart, um sich einen Paß zu holen.

Die Französin hörte dieser Erzählung umso aufmerksamer zu, je weniger sie der ihr fremden Sprache wegen davon verstand. Ich aber schämte mich der Albernheiten meiner Landsleute und hütete mich, den Dolmetscher zu machen. Ich log ihr eine unglückliche Liebe vor und lockte dem guten Mädchen eine Träne in die Augen. Den Hutmachermeister aber tröstete ich. „Beruhigen Sie sich, lieber Freund" sagte ich, „unsere deutschen Landsleute sind glücklicherweise keine chronische Narren, sondern nur akute; das Hutfieber wird bald vorübergehen. Kehren Sie nach Hause zurück, doch wollen Sie sich von Ihrem Auswanderungsvorhaben nicht abbringen lassen, so eilen Sie sich wenigstens nicht, indem sie zu Fuße aus Deutschland wandern, sondern fahren Sie lieber im Postwagen, und ehe Sie die deutsche Grenze übertreten, wird sich die Gesinnung der groben Gesellschaft gebessert haben." Meine Zusprache blieb nicht ohne Erfolg, und als ich den Hutmachermeister aufmerksam machte, wie sehr durch das Rütteln des Postwagens die Hüte gequetscht und abgenützt würden, man habe sie nun auf dem Kopfe, auf dem Schoße oder oben im Netze, so erheiterte sich sein Gesicht, und er sagte, er bemerke dieses mit Vergnügen, und die Beulen, welche die Hüte von den Schlägen des Wagens empfingen, wären wahre Pestbeulen für sie, woran sie sterben müßten. Als ich ihn fragte, ob es für einen Hochfürstlich Thurn-und-Taxischen fahrenden Postpassagier kein Mittel gebe, seinen Hut unbeschädigt zu erhalten, riet mir der Schelm, ich solle ihn auf den Boden des Wagens stellen und abwechselnd den rechten und linken Fuß hineinsetzen, wodurch nicht allein der Hut unerschütterlich, sondern auch der Fuß warm gehalten würde, für welche Wärme die wenigen Strohhalme nicht genug sorgten.

In Stuttgart zerbrach ich den ironischen *Mantel,* zog die Glocke in die Höhe und ließ sie frei ihre Jammertöne über vaterländische Postwägen in der Trinkstube ausbrummen. „Herr Major", sagte ich, „hätte ich einen Säbel wie Sie, meine ästhetischen Flüche gehörig zu unterstützen, hol' mich der Teufel, ich haute ein, und es gäbe blutige Köpfe. Ist der Passagier ein Narr jedes Postmeisters, Kondukteurs und Postillions, und muß er liegen bleiben, sooft es diesen Herren gefällt, Wein zu trinken oder auszuschenken? Kommt man in ein Nest und trägt nicht Lust, im Postwagen zu warten und zu frieren, umdreht der Eigentümer des Ofens unsern schlotternden Leib wie die Katze den Brei, und tausend Fragezeichen im Gesichte zweifeln, was man befehle? Muß ein armer Passagier leben wie die große Welt in Paris und um Mitternacht Koteletts essen? In Zeit von 46 Stunden, worunter 14 nächtliche, habe ich 12 Schoppen Wein getrunken und noch einige mehr bezahlt für den Kondukteur. Wie weit ist es, Herr Major, von Frankfurt nach Stuttgart? Also kaum 40 Stunden! und auf diesem kurzen Wege haben wir 15 Stunden Rast gehalten.* Ich bin von Straßburg

---

* Damit sich die Leser überzeugen können, daß ich mir keine größere poetische Freiheit genommen, als billig ist, will ich eine genaue Berechnung der Zeit, die wir uns zwischen Frankfurt und Stuttgart aufgehalten, nebst Benennung der Orte, wo dieses geschah, folgen lassen. Aus dieser Statistik (Stillstandslehre) des Postwagens wird sich ergeben, daß ich noch nicht zwei Prozent gelogen, indem auf 15 Stunden die Übertreibungen nur 16 Minuten beträgt.

	Stunden	Minuten
In Sprendlingen	–	12
" Langen	–	50
" Darmstadt	–	45
" Bickenbach	–	30

nach Paris, und von Paris nach Metz auf der Diligence gereist und hatte kein Sohlleder unter mir, sondern gute Verviers-Mitteltücher, und auf diesen beiden Reisen zusammen hat sich der Wagen nicht 10 Stunden aufgehalten. Ist das nicht zum Tollwerden, nämlich das erstere? Ist es nicht Schimpf und Schande, daß das Zusammentreffen der Postwägen auf den Kreuzwegen so schlecht eingerichtet ist, daß ich – ich erzähle es Ihnen jetzt schon, Herr Major, ob es mir zwar erst acht Tage später auf meiner Rückreise begegnen wird – daß ich in Bruchsal 24 Stunden liegen bleiben und auf den Straßburger Wagen warten mußte, bis ich weiter konnte nach Fankfurt? Warum gibt man den Reisenden nicht wenigstens Wartegeld, gleich den quieszierenden Staatsdienern, bis sie einen Platz und ihr Fortkommen finden? Wer verstattet mir meine Auslagen für zwei Lagen Postpapier, die ich in Bruchsal zu dieser Monographie verwendete, und, Herr Major – ich benutze diese Gelegenheit, mich zu unter-

" Heppenheim	1	15
" Weinheim	–	30
" Heidelberg	3	15
" Neckargmünd	–	15
" Wiesenbach	–	12
" Sinzheim	1	15
" Fürfeld	–	30
" Heilbronn	3	10
" Besigheim	1	5
" Ludwigsburg	1	–
Summa	14	44

richten – , warum nennt man feines Papier so uneigentlich Postpapier? Ich weiß nicht, ob sie die *Abendzeitung* lesen, Herr Major? dort erzählt Herr Mühlen in Nr. 33 dieses Jahrgangs die Anekdote von einem Sonderling, der viel gereist sei. Auf diesen Reisen (wird erzählt), die er stets mit Extrapost machte, verursachte ihm aber nichts so viel Ärger als die Postmeister, Posthalter und Postillone, und wenn er auf diese zu sprechen kam, so war er unerschöpflich in Sarkasmen und Schilderungen ihrer Roheit, Habgier und der Langsamkeit auf den Stationen und im Fahren. Dieser Antagonismus sprach sich auch in seinem letzten Willen aus. In seinem Testament hatte er nachstehendes verordnet. Nachdem er diejenigen namentlich aufgeführt, welche seine Leiche zur Ruhestätte begleiten sollten, hieß es: ‚Ich verlange ausdrücklich, daß die vorgenannten Personen in mit Extrapostpferden bespannten Wagen meiner Leiche folgen sollen, und sind die diesfälligen Kosten aus den zu meinem Begräbnis ausgesetzten Summen zu bestreiten; denn da es der Anstand erheischt, daß ein Leichenzug feierlich und *langsam* vor sich gehen muß, so werden die Postilione das letztere unfehlbar am besten ausrichten.‘ Hätten Sie, wie ich, die *Abendzeitung* gelesen, Herr Major, wären Sie nicht auch auf meinen nachfolgenden Gedanken gefallen? Man sollte nicht die Leidtragenden, sondern die Leichen selbst auf Hochfürstlich Thurn-und-Taxischen fahrenden Postwägen zum Begräbnisse führen, damit sie Zeit gewönnen, aus dem Scheintode zu erwachen, da, wenn in der Asche des Lebens nur noch ein Fünkchen glimmt, das Rütteln des Wagens es zur Flamme anfachen müsse. Wäre dies nicht eine sehr gute ambulante Totenschau?"

Nachdem ich mich auf diese Weise schlau zu revolutionären Äußerungen verleitet hatte, ging ich eiligst auf mein Zimmer, um alles, was ich von mir gehört, wie folgt zu berichten.

„Herr geheimer Ober-Tugend-Direktor!

Es war zum Glücke der Welt, daß ich nicht von Darmstadt sogleich wieder umgekehrt bin, sie wäre selbst umgekehrt worden, die Welt, wenn ich es getan hätte. Ich habe die Wurzel der Verschwörung entdeckt und halte sämtliche Verschwornen, ihre Namen nämlich, in meinen Händen. Schon wollte ich mich außer acht lassen, da ich seit jener Turnübung, wovon ich Ihnen früher berichtet, sonst keine verdächtigen Gesinnungen geäußert hatte, da habe ich mich noch zu rechter Zeit ertappt und die Überzeugung erhalten, daß ich nicht allein des Verdachtes verdächtig, sondern höchst wahrscheinlich wirklich verdächtig bin. Zu Heilbronn im *Falken* belauschte ich ein Gespräch, das ich mit dem Oberkellner geführt, und das ich stellenweise hierhersetzen will. *Ich:* Welche Zeit ist es? *Kellner:* Ich habe die Uhr nicht schlagen hören. *Ich:* Wo ist ihr Herr? *Kellner:* Er sitzt dort am Tische und trinkt roten Wein. *Ich:* Wo ist der Hausknecht? *Kellner:* Er liegt im Stalle und schläft. *Ich:* Wo kauft man Apfelsinen? *Kellner:* Bei Wolf auf dem Reismarkt. *Ich:* Bringen sie mir Karbonaden! *Kellner:* Die letzte Kohle ist ausgelöscht. *Ich:* So bringen Sie mir eine Hammelskeule …

Der Herr, der Blut trinkt – der schlafende Knecht – der reißende Wolf in den Apenninen – die ausgelöschte Kohle – der Keil – Karbonari … Das war der eigentliche Sinn jener Unterredung, die kleinen heuchlerischen Abänderungen an den Worten konnten mich natürlich nicht irremachen. Die Vermutungen meiner karbonarischen Umtriebe bestätigte sich in der Folge noch mehr. Ein Vertrauter, von dem ich mich in Stuttgart hatte beobachten lassen, berichtete mir, der Postwagenkondukteur habe irgendwo erzählt, er hätte mich gefragt wo ich in Stuttgart einkehren wolle, und mir das *Waldhorn* empfohlen, worauf ich aber mit Hastigkeit erwiderte: ‚Nein, nein, ich logiere jedesmal im *Römischen Kaiser* und werde auch dieses Mal dort logieren, ich lasse nicht vom *Römischen Kaiser*.‘ Sie werden, Herr geheimer Ober-Tugend-Direktor, von selbst daraus entnehmen, daß ich meine Anhänglichkeit an die alte deutsche Reichsverfassung und das ehemalige Reichsoberhaupt hinlänglich an den Tag gelegt und den verbrecherischen Wunsch, die Einheit Deutschlands wiederhergestellt zu sehen, offenbart habe. Weiter wurde mir berichtet, ich hätte bei Tische mit einem Franzosen sehr eifrig von *jambon de Mayence* gesprochen und wäre leichtsinnig genug gewesen, zu glauben, es werde keiner merken, daß ich den ehemaligen Mainzer Präfekten *Jean Bon St. André* im Sinne führe. Höchst wahrscheinlich ist dieser Napoleonische Präfekt nicht gestorben, wie er vor einigen Jahren auszubreiten gesucht, sondern präfektiert in Mainz heimlich fort.

Da ich auf diese Weise die Wurzel der Verschwörung

entdeckt hatte, ging ich ihrem Stamme und ihren Zweigen nach und war so glücklich, die wichtigsten Entdeckungen zu machen. Die *alta vendita* der deutschen Karbonari ist in Ludwigsburg, und bereits hat sie zu Tübingen, Stuttgart, Frankfurt und Offenbach Töchterlogen errichtet. Statt der ausgelöschten Kohle haben sie, wegen Gleichheit der Farbe, den Hut zum Sinnbilde genommen, und sie nennen sich *Brüder vom standhaften Hute.* Ihr geheimer Zweck ist: Gleichheit, Liebe, Höflichkeit; öffentlich aber sind sie grob und stellen sich fremd gegeneinander, um sich nicht zu verraten. Ihr Grundsatz ist, *die Welt sei nicht wegen der Hutmacher auf der Welt,* worunter sie sinnbildlich verstehen, die Völker seien nicht wegen der Regierungen geschaffen; denn da der Kopf den Menschen beherrscht, so sind die Hüte die Residenzen und Hauptstädte der Menschheit. Sie grüßen sich nicht durch Hutabziehen, sondern auf militärische Art, durch Winken mit der Hand. Über die Gefahr einer solchen Verbindung stimmen Sie gewiß mit mir ein, Herr geheimer Ober-Tugend-Direktor. Durch das Aufbehalten der Hüte werden die Köpfe warm gemacht, und welches Unglück erhitzte Köpfe über die Welt verbreiten, haben wir genug erfahren. Die soldatische Begrüßungsweise ist nichts als eine versteckte Waffenübung, und es ist klar bewiesen, daß die *Brüder vom standhaften Hute* eine heimliche Landwehr bilden. Es ist dringend, diesen karbonarischen Umtrieben Einhalt zu tun. Nur allein durch die Mobilität der Hüte kann in Deutschland die Stabilität der Köpfe erhalten werden.

Ich muß eiligst den Bericht schließen; denn man meldet mir soeben, daß ich ausgehen werde, und ich muß mir nachfolgen, meine verdächtigen Schritte ferner zu beobachten.

Der Ihrige.

Nachschrift. Da ich bemerkt habe, daß ich beim Trinken gern plaudere, so habe ich mir auf meine Kosten mehrere Male Wein vorsetzen lassen und bin so frei, die Rechnung der gemachten Auslagen Ihnen beifolgend zu überschikken."

Auf meiner Rückreise von Stuttgart nach Frankfurt fuhr der Wagen mit lobenswerter Schnelligkeit. Schon wollte ich meinen satirischen Feldzug wieder einstellen, diesen gerechteren Krieg als die üblichen; denn er sollte die Feinde dafür bestrafen, daß sie mit der Zeit *nicht* fortgingen. Aber unglücklicherweise wurden zu Bruchsal die versäumten Versäumnisse nachgeholt. Ich mußte 24 Stunden dort liegen bleiben. Da ließ ich mein Kriegsmanifest ergehen und rückte vor. Dem Turner aber schrieb ich in der Eile folgende Zeilen nach Ludwigsburg.

Trübsal, den 9. Nov. 1820

„Bruderherz!

In Besigheim versprach ich, Dir ein anders Mal zu beweisen, daß Du ein Narr bist, aber Du mußt Dich gedulden; denn ich bin gegenwärtig sehr beschäftigt, da mein Vortrupp noch in dieser Stunde ins Taxische einrückt. Nur soviel sei Dir gesagt: Du bist kein Hofnarr, aber ein

Volksnarr, und das ist schlimmer; denn das heißt: *aller Leute Narr.*

Der Ort, wo ich mein schreibendes Hauptquartier aufgeschlagen habe, heißt Bruchsal, aber mir ist er ein Trübsal und Scheusal. Wenn die Verzweiflung Witz gibt oder nimmt, so werde ich hier ein Voltaire oder eine Kretine. Ich möchte aus der Haut fahren, wäre nur eine Öffnung groß genug, mich durchzulassen, da ich ganz geschwollen bin vor Wut. So einen geschlagenen Hund, wie ich, gab es noch nicht. Nur zwei Wünsche habe ich jetzt. Erstens wünsche ich, daß zehentausend Millionen Donnerwetter in das verfluchte Nest schlügen, und zweitens wünsche ich das nämliche noch einmal.

Ich gehe zu streiten für die gute Sache. Falle ich, so lasse Deine Jungen jedes Jahr an meinem Sterbetage einen Burzelbaum über meinem Grabeshügel schlagen. Lebe wohl, Bruderherz!"

BRIEFPOST

Gottfried August Bürger

AN JOHANN CHRISTIAN DIETERICH

A.[ppenrode,] den 4. Apr. 1782.

Weil ich dir denn doch so zu Herzen gehe, daß du meinetwegen nicht schlafen kannst und deinen dicken Bauch verlierst, so muß ichs dir wol melden, daß ich glücklich 400 Reichstaler aufgestöbert habe, die ich in 14 Tagen erhalten soll. Damit wäre dann die ärgste Noth gestillet. Alle übrigen Creditores und unter andern auch mein Freünd Dietrich mögen mich im – wenn sie nicht Gedult haben wollen, bis mehr Zeit und Rath komt. Ich kriege noch gerade wieder ein bissel Muth und denke, die Zeit ist doch noch nicht da, da ich mit Haut und Haar ein Hundsvott werden soll, ob mir gleich der Satan bald hie, bald da einen ScheisClack an den Leib wirft. Ich werde alles ganz ruhig wieder abwaschen und thun, als ob mir gar nichts wiederfahren wäre. Mach du nur den Macbeth so gut wie möglich zu Gelde. Ich habe bald wieder ein Schauspiel und *zwar ein Original* fertig. Der Henker weiß, wie mir die Lust zu Schauspielen so auf einmal angekommen ist. Ich glaube, die 50 St. Louisd'or, die du dafür erobern willst, begeistern mich. Ach, du armer Peter, wenn du statt 50 Louisd'or nur erst 50 Reichstaler hättest. Die Herren Schauspiel Directores sizen eben sowenig voll Louisd'or, wie wir. Ich bitte dich nur, prostituire mich nicht bei den Komödianten umher. Will einer kurz und gut unter Vorbehalt des Mspts was dafür geben, so ists gut. Wo nicht, so laß den Bettel drucken. Was du mir dafür gut thun kannst, das weiß ich thust du ungefodert und mehr verlange ich nicht. Es ist hinlänglich, daß du meine Schubbejackerei weißt; auf dem Theater braucht sie ja noch nicht bekannt zu werden.

Über dein Laus Deo bin ich mächtig erschrocken. Ich hätte nicht gedacht, daß ich so hoch in Deiner Kreide wäre. Aber die verfluchte Post Rechnung, die jedoch mich en particulier kaum zur Hälfte angeht, macht es.

Das angesezte Honorarium ist von den Posthengsten unverschämt. Das musten sie, wie seit mehrern Jahren immer auf meine Willkühr ankommen laßen. Ich habe immer bald mehr bald minder gegeben. Über dem machen die beiden Leonhartschen Posten keine vollen Jahre. Einer ist kaum von ¼ Jahre. Inzwischen, wer will sich mit den Kerls darüber aufnehmen? Mir ist es jezt lieb, daß ich kein Contobuch seit länger als Jahr und Tag mehr halte. Überhaupt ist es der wahre Stein der Weisen, wie ich merke, daß man keine Rechnungen macht, sondern bei Heller und Pfennig gleich baar bezahlt und lieber darbet, wenn man kein Geld hat. Das soll, sobald mich Gott aus dem bisherigen Schiß heraushilft, auch meine Maxime werden und bleiben. Kriege ich eher Geld, als ich deine Foderung abarbeiten kann, so bezale ich dich baar, um hernach desto besser in einem neüen Leben wandeln zu können. Solte ich auch Salz und Brod fressen müssen, so will ich das doch lieber als Schulden haben, die wahre

Krebsschaden an Leib und Seele sind. Will ich alsdann Austern oder Schildkröten Pasteten essen, so wandre ich zu meinem Verleger und sage: Tische auf! Und kömmt der Verleger zu mir, so wird er nicht angenommen, wenn er nicht den Hamelsbraten voraufgeschickt hat. Ach! wären wir doch erst auf diesem gebenedeieten Fleckchen! Ehe wir dahin gelangen werden wir noch wol in manchen Scheißhaufen treten müssen.

Aber, Signor, warum ist Er denn nicht in dieser Woche gekommen. Tagtäglich habe ich, da doch das Wetter noch so ganz artig ist, dir entgegen gesehen. Komm doch! Ich wolte mich so gern einmal an deiner Drolligkeit, welche wünscht, *daß sie mich nie gekannt hätte*, ergözen. Oder denkst ich kann den Aufwand, den Du mir machen wirst, nicht mehr ausführen? Nein! so arg bin ich noch nicht auf dem Hunde. Hoffe auch nicht dahin zu gelangen. Der Boden ist noch voll Korn, der Keller voll Wein, die Vorrathskammer voll, Fleisch, Speck, Schinken und Würste, die Pötte voll Butter, Schmalz, Eier, der Hof voll Puter, Hühner und Enten, die Setten voll Milch und Flott, der Kartoffeln, Wurzeln u.s.w. nicht einmal zu gedenken. Dich mit allen deinen Leüten könnte ich noch ein ganzes Jahr davon ernähren. Nur in der Geld Casse siehts nicht zum besten aus, dennoch beseichen mich die Hunde noch nicht. Ich habe mehr Geld noch, als ich nur einmal weiß. Denn ich hüte mich jezt wol es zu zälen. Es ist aber doch noch immer auch Gold drunter. Siehst Du also, bankrot bin ich noch nicht, sondern nur das was man in unserer Sprache *im Schiße seyn* nennt.

Leb wohl, alter närscher Knabe, und behalt mich lieb, oder, welches ja wohl in deiner Sprache eben so viel heist, fahre fort zu wünschen, daß du mich nie gekannt haben mögest.

GAB.

So eine schnurrige Prise, wie ich bin, ist dir doch wol auf deiner Wanderschafft durch das Leben noch nicht vorgekommen?

Heinrich von Kleist

BRIEF AN WILHELMINE VON ZENGE

Coblentz bei Pasewalk, den 21. August 1800

Weil doch die Post vor morgen abend nicht abgeht, so will ich noch ein Blättchen Papier für Dich beschreiben, und wünsche herzlich daß die Lektüre desselben Dir nur halb so viel Vergnügen machen möge, als mir das Geschäft des Schreibens. Du wirst zwar nun ein paarmal vergebens auf die Post schicken, und das Herzchen wird mit jeder Stunde stärker und stärker zu klopfen anfangen; aber Du mußt vernünftig werden, Wilhelmine. Du kennst *mich*, und, wie ich hoffe, doch gewiß *im Guten.* Daran halte Dich. Du kennst überdies immer den Ort meines Aufenthaltes, und von dem Zwecke meiner Reise weißt Du doch wenigstens so viel, das er *vortrefflich* ist. *Unser Glück* liegt dabei zum Grunde, und es kann, welches eine Hauptsache ist, *nichts dabei verloren*, doch *alles dabei gewonnen* werden. Also beruhige Dich für immer, was auch immer vorfallen mag. Wie leicht können Briefe auf der Post liegen bleiben, oder sonst verloren gehen; wer wollte da gleich sich ängstigen? Geschrieben habe ich gewiß, wenn Du auch durch Zufall nicht eben sogleich den Brief erhalten solltest. Damit wir aber immer beurteilen können, ob unsere Briefe ihr Ziel erreicht haben, so wollen wir beide uns in jedem Schreiben wechselseitig wiederholen, wie viele Briefe wir schon selbst geschrieben und empfangen haben. Und so mache ich denn hiermit unter folgender Rubrik den Anfang:

Abgeschickt	*Empfangen*
Von *Berlin* den 1. Brief.	– – – –

Ich hoffe, daß ich auch bald die andere Rubrik werde vollfüllen können. – Und noch eins. Ich führe ein Tagebuch, in welchem ich meinen Plan täglich ausbilde und verbessre. Da müßte ich mich denn zuweilen wiederholen, wenn ich die Geschichte des Tages darin aufzeichnen sollte, die ich Dir schon mitgeteilt habe. Ich werde also dieses ein für allemal darin auslassen, und die Lücken einst aus meinen Briefen an Dich ergänzen. Denn das Ganze hoffe ich wird Dir einst sehr interessant sein. Du mußt aber nun auch diese Briefe recht sorgsam aufheben; wirst Du? Oder war schon dieses Gesuch überflüssig? Liebes Mädchen, ich küsse Dich.

Und nun zur Geschichte des Tages. – Ach, mein bestes Minchen, wie unbeschreiblich beglückend ist es, einen weisen, zärtlichen Freund zu finden, da wo wir seiner grade recht innig bedürfen. Ich fühlte mich stark genug den hohen Zweck zu entwerfen, aber zu schwach um ihn allein auszuführen. Ich bedurfte nicht sowohl der Unterstützung, als nur eines weisen Rates, um die zweckmäßigsten Mittel nicht zu verfehlen. Bei meinem Freunde *Brokes* habe ich alles gefunden, was ich bedurfte, und dieser Mensch müßte auch Dir jetzt vor allen andern, *nach mir* vor allen andern teuer sein. Ihm habe ich mich ganz anvertraut, und er ehrte meinen Zweck, sobald er ihn kannte, so wie ihn denn jeder edle Mensch, der ihn fassen kann, ehren *muß*. Ach, mein teures *edles* Mädchen, wenn auch Du meinen Zweck ehren könntest, auch selbst ohne ihn zu kennen! Das würde mir ein Zeichen Deiner Achtung sein, ein Zeichen, das mich unaussprechlich stolz machen würde. Niemals, niemals wirst Du mir einen so unzweideutigen Beweis Deiner Achtung geben können, als jetzt. Ach, wenn Du dies versäumtest – – Wirst Du? Oder war auch diese Erinnerung überflüssig? Liebes Mädchen, ich küsse Dich wieder – –

Auch *Brokes* sieht ein, daß die Wahrscheinlichkeit eines glücklichen Erfolges groß ist. Wenigstens, sagte er, ist keine Gefahr vorhanden, in keiner Hinsicht, und wenn ich nur auf Deine Ruhe rechnen könnte, so wäre ein Haupthindernis gehoben. Ich hatte über den Gedanken dieses Planes schon lange lange gebrütet. Sich dem blinden Zufall überlassen, und warten, ob er uns endlich in den Hafen des Glückes führen wird, das war nichts für mich. Ich war Dir und mir schuldig, zu handeln. „Nicht aus des Herzens bloßem Wunsche keimt" etc. – „der Mensch soll mit der Mühe Pflugschar" etc. etc. – das sind herrliche, wahre Gedanken. Ich habe sie so oft durchgelesen, und sie scheinen mir so ganz aus Deiner Seele genommen, daß Deine Schrift das übrige tut um mir vollends einzubilden, das Gedicht wäre von keinem andern, als von Dir. So oft ich es wieder lese fühle ich mich gestärkt selbst zu dem Größten, und so gehe ich denn fast mit Zuversicht meinem Ziele entgegen. Doch werde ich vorher noch gewiß *Struensee* sprechen, um mir auf jeden Fall den Rückzug zu sichern. – *Brokes*, der schon diesen

Herbst zu einer Reise bestimmt hatte, wird mich begleiten. Also kannst Du noch um so ruhiger sein. Du mußt nichts als die größte Hoffnung auf die Zukunft in Deiner Seele nähren.

Hast Du auch *Deine* Freundin schon wieder gefunden? Die Clausius, oder die Koschenbahr? Herzlich, herzlich, wünsche ich es Dir. Wahre, echte Freundschaft kann *fast* die Genüsse der Liebe ersetzen – Nein, das war doch noch zu viel gesagt; aber viel, sehr viel kann ein Freund tun, wenn der Geliebte fehlt. Wenigstens gibt es keine anderen Genüsse, zu welchen sich die Liebe so gern herab ließe, wenn sie ihr ganzes Glück genossen hat und auf eine Zeitlang feiern muß, als die Genüsse der Freundschaft. Vor allen andern Genüssen ekelt ihr, wie dem Schlemmer vor dem Landwein wenn er sich in Champagner berauscht hat. Daher ist es mit einer meiner herzlichsten Wünsche, daß Du eine von diesen beiden Freundinnen recht lange bei Dir behalten mögest, wenigstens so lange, bis ich zurückkomme. Erzähle ihr immerhin von mir, wenn sie Dir von dem *ihrigen* erzählt hat; denn das könnt ihr Weiber doch wohl nicht gut lassen, nicht wahr? Aber sei klug. Was ich Dir vertraue, *Dir allein*, das bleibt auch in Deinem Busen vor allen andern verschlossen. Laß Dich nicht etwa in einer zärtlichen Stunde verleiten mehr zu erzählen, als Du darfst. Minchen, Du weißt es nicht, wie viel an Deine Verschwiegenheit hangt. *Dein* Glück ist auch dabei im Spiel; also sorge für Dich und mich zugleich, und befolge genau, ohne Einschränkung, ohne Auslegung, wörtlich worum ich Dich herzlich und ernsthaft bitte. Kannst Du Dir den Genuß einige von meinen Briefen Deiner lieben Freundin mitzuteilen, nicht verweigern, so zeige ihr frühere Briefe, aber *diese* nicht; wenigstens daraus nichts, aus welchem sich nur auf irgend eine Art mein *wirklicher* Aufenthalt erkennen ließe. Denn dieser *muß* vor allen Menschen verschwiegen bleiben, außer vor *Dir* und *Ulriken.*

Doch ich wollte Dir ja die Geschichte des Tages erzählen und komme immer wieder zu meinem Plane zurück, weil mir der unaufhörlich im Sinne liegt. Du bist aufs Innigste mit meinem Plane verknüpft, also kannst Du schließen, wie oft ich an Dich denke. Denkst Du wohl auch so oft an mich? – – Doch zur Sache.

Weil, wie gesagt, die Post, die mich und *Brokes* nach Berlin führen soll, erst morgen abend abgeht (denn dieselbe Post trennt sich in Prenzlow und bringt Dir diesen Brief nach Frankfurt), so beschloß ich mit *Brokes* so lange auf seinem bisherigen Wohnort zu verweilen. Dies ist *Coblentz,* ein Landgut des Grafen von *Eickstedt,* der die Güte hatte, mich einladen zu lassen. Seine Gemahlin hatte ich auf *Rügen* kennen gelernt. Wir bestellten die Post in *Pasewalk* nach *Berlin* und fuhren den 20. nachmittags um 2 Uhr von dort ab.

Ich fand in der Nähe von Coblentz weite Wiesen, mit Graben durchschnitten, umgeben mit großen reinlich gehaltenen Wäldern, viel junges Holz, immer verzäunt und geschlossen, ausgebesserte Wege, tüchtige Brücken, viele zerstreute Vorwerke, massiv gebaut, fette zahlreiche Herden von Kühen und Schafen etc. etc. Die Vorwerke hießen: Augustenhain, Peterswalde, Carolinum, Carolinenburg, Dorotheenhof etc. etc. Wo nur eine Tür war, da glänzte auch ein Johanniterkreuz, auf jedem Dache, auf jedem Pfahle war es vielfach aufgepflanzt. Als ich vor das Schloß fuhr, fand ich, von außen, zugleich ein uraltes und nagelneues Gebäude, zehnmal angefangen, nie vollendet, heute nach dieser Idee, über das Jahr nach einer andern, hier ein Vorsprung, dort ein Einschnitt, immer nach dem Bedürfnis des Augenblicks angebaut und vergrößert. Im Hause kam mir die alte würdige Gräfin freundlich entgegen. Der Graf war nicht zu Hause. Er war mit einigen andern Damen nach Augustenhain gefahren. Indessen ich lernte ihn doch noch in seinem Hause kennen, noch ehe ich ihn sah. Dunkle Zimmer, schön möbliert, viel Silber, noch mehr Johanniterkreuze, Gemälde von großen Herren, Feldmarschälle, Grafen, Minister, Herzoge, er in der Mitte, in Lebensgröße, mit dem Scharlachmantel, auf jeder Brust einen Stern, den Ordensband über den ganzen Leib, an jeder Ecke des Rahmens ein Johanniterkreuz. Wir gingen, Brokes und ich, nach Augustenhain. Ein ordentlicher Garten, halb französisch, halb englisch, schöne Lusthäuser, Orangerien, Altäre, Grabmäler von Freunden, die vornehme Herren waren, ein Tempel dem großen Friedrich gewidmet; große angelegte Waldungen, weite urbargemachte, ehemals wüste, jetzt fruchtbare Felder, viele Meiereien, Pferde, Menschen, Kühe, schöne nützliche Ställe auf welchen aber das Johanniterkreuz nie fehlte – – – – Wenn man die Schnecke an ihrer Muschel erkennen kann, rief ich, so weiß ich auch wer hier wohnt.

Ich hatte es getroffen. Ich fand Ökonomie und Liberalität, Ehrgeiz und Bedürfnis, Weisheit und Torheit in einem Menschen vereinigt, und dieser war kein andrer als der Gr. v. Eickstedt.

Liebes Mädchen, ich werde abgerufen, und kann Dir nun nicht mehr schreiben. Lebe wohl. In Berlin finde ich einen Brief von Dir, und wenn er mir recht gefällt, recht *vernünftig* und *ruhig* ist, so erfährst Du viel Neues von mir. Adieu. H. K.

Joachim Ringelnatz

OHNE TITEL

Ein männlicher Briefmark erlebte
Was Schönes, bevor er klebte.
Er war von einer Prinzessin beleckt.
Da war die Liebe in ihm erweckt.

Er wollte sie wiederküssen,
Da hat er verreisen müssen.
So liebte er sie vergebens.
Das ist die Tragik des Lebens!

Karl Kraus

AN SIDONIE NÁDHERNÝ VON BORUTIN

Freitag 20. III. [1914]

Zum ersten Mal glaube ich an ein „Wunder der Technik“: ich kann in Wien diese Stimme hören!

Aber die Erfindung ist unvollkommen; denn von 5 bis ½ 6 ist es schlimmer als ohne Telefon (ich habe dreimal reklamieren müssen.)

Aus Tabor, Warteraum ¾ 6 Uhr sandte ich einen Brief mit einem Ausschnitt, den ich zu zeigen vergessen hatte (Gräfin D. betreffend), und mit dem heißesten Dank für einen Traum, in dem sich so etwas leicht vergißt. Das 1. Telegramm, das ich um 10 Uhr bei der Heimkehr vorfand, war doch die Antwort auf meines? Oder vorher abgeschickt? Es war schwierig, die Depesche auf der Fahrt zu besorgen. Ein Stationsbeamter übernahm sie, hatte aber *zu wenig* dem Kondukteur berechnet und ich ließ von einem Wartehäuschen telephonieren. Es gibt also auch zwischen Wottic-Weselka und Chotovin Abenteuer buntester Art. Die Veilchen sind noch immer schön. Ich sage *doch* niemand, daß ich in Janowitz war. Es kann sich ja gar kein Widerspruch ergeben und es ist viel schöner so. Das Wort Janowitz in Wien auszusprechen, empfinde ich fast schon als Undank und Verrath. Bitte, herzlichen Gruß an Charley zu bestellen, der so lieb war und mich wieder eingeladen hat.

Also morgen, d.h. jetzt, nachdem dieser Brief angelangt ist, reise ich um 12 Uhr 35 mit der Nordbahn in wilde Gegenden. Ich bin um 7 Uhr in Bielitz Hotel Kaiserhof (von Djieditz per Auto): dort ein Telegramm vorzufinden wäre sehr, sehr schön. Nachts, nach 1, treffe ich in Mährisch-Ostrau ein – ich weiß den Namen des Hotels nicht, aber im *Stadttheater* lese ich von halb 11 bis 1 (Mittag). Dorthin könnte also auch – wenn es dem Sender erwünscht ist – eine Depesche oder (da Sonntag) ein Expreßbrief gelangen. Von Ostrau reise ich gegen 5 Uhr zurück nach Wien, wo ich gegen 10 Uhr abends eintreffe. Am Montag bin ich in Wien bis ½ 2 Uhr; nach 2 reise ich zur Vorlesung in Brünn, wo ich gegen 5 Uhr eintreffe. Dort wohne ich *Grand Hotel* (die Vorlesung findet im „Deutschen Haus" statt) und ich reise – – – – entweder gegen 11 Uhr mit dem Personenzug nach Wien (Ankunft 5 Uhr früh) *oder* 1 Uhr nachts nach Prag (wo im „Weißen Roß" 6 Uhr früh ankommen würde. Von dort 1 Uhr 35 Franzjosefsbahn nach Wien zurück). Dies, wenn die Hindernisse schon beseitigt sind. Im andern Fall bin ich, wie verabredet, am 30. oder 31. Prag oder Janowitz oder wo man will.

Die Wiener Vorlesung ist also am 7.? (Ich frage, als zufälliger Besucher des Abends die Hauptperson). Sonst ginge es erst ab 25. April.

Somit wäre alles Technische klargestellt. Von Baron W. in Leipzig einen langen Brief, natürlich ohne Resultat, aber auch sonst nicht sehr angenehm. Werde ihn mitbringen.

Der Zug, den ich gestern benützt habe, ist sehr praktisch. Daß der Brief aus Tabor nicht eintraf, umso ärgerlicher als ich doch gerade einen Morgengruß beabsichtigt hatte.

Und nun Dank für alles und für jeden einzelnen all der Sterne, die nur über Janowitz sind. Und wenn dieser Brief noch rechtzeitig eintrifft, bitte auch einen Gruß für *Tabor* zu übernehmen –

In unendlicher Liebe Dein!

Karl Kraus

AN SIDONIE NÁDHERNÝ VON BORUTIN

14. 5. [1914] 5 Uhr

Dein heutiger Brief läßt mich ermessen, was Du gestern (am 13.), vielleicht wieder bis zum Abend, durchlitten hast. Natürlich hatte ich wie immer am 12. und zwar um 5 Uhr einen rekomm. Brief abgesandt. Dein morgiger Brief wird hoffentlich die Nachricht bringen, daß er *überhaupt angekommen* ist, wie Dein heutiger die Mittheilung über den Taborer Brief gebracht hat. Aber man ist doch wirklich nicht auf der Welt, um der österreichischen Post nachzukeuchen und sich seine Aufregungen noch durch dieses unfähige Pack komplizieren zu lassen. Wir müssen das künftig anders einrichten. Jedenfalls werde ich diesmal eine Beschwerde machen. Der Brief aus Tabor gieng also immerhin 26 Stunden nach Janowitz, der rekomm. Brief vom 12. scheint auch so lang, wenn nicht länger gebraucht zu haben. Bitte um genaue Mittheilung, *wann* er gekommen ist, damit ich Beschwerde machen kann. Ich fürchte, daß am Ende der gestrige (13.) dieselbe Verzögerung hat, und der heutige auch, oder aber alle drei *zugleich* ankommen.

(Für das seinerzeit überhaupt nicht zugestellte Telegramm wurde das Geld zurückgegeben.) Man kann wirklich in diesem Staat nicht länger leben.

Bitte glaube, daß am Nichteintreffen eines Briefes – solange die Verabredung des täglichen Schreibens besteht – *nichts anderes* als die elende Post die Schuld trägt und stelle Dir bis zum Eintreffen die besten, wahrsten und liebendsten Worte vor, die drin stehen. Ich bin von der Arbeit zumal heute furchtbar gehetzt. Sonst würde ich Dir *Beispiele* für solche Worte geben! Darum nur das nächstliegende: „Ich liebe Dich."

Karl Kraus

AN SIDONIE NÁDHERNÝ VON BORUTIN

15. v. [1914]

Janowitz und die Arbeit kämpfen um meine Seele, und schon morgen wird Janowitz gesiegt haben. Man weiß, was ich vor allem unter Janowitz verstehe.

(Dieser Brief geht nur expreß, nicht rekommandiert – ich komme zu keinem Postamt.)

Mitten in der Arbeit habe ich die Beschwerde an die Postdirektion geschrieben (auch über die Taborer Fälle). Es ist mir eine Qual, in der Dein Warten vom 13. inbegriffen ist, und ich möchte in solchen Fällen nicht nur Amtsehrenbeleidigung begehen, sondern Brachialgewalt gegen alles, was eine Staatsbeamtenuniform trägt.

Ich freue mich so sehr – in all dem Ärger –, daß um Dich herum jetzt Ruhe und Freundlichkeit herrscht. Aber Du darfst darum nicht vergessen, was wir gesprochen haben!

Baronin H. ladet mich nach Baden. Ich werde absagen.

Zum *heutigen* Tage verhundertfache ich meinen Gruß und meinen Segenswunsch.

(Ich werde doch auch rekommandiert den Brief aufgeben, denn ich sehe, daß ich Dich *Du* genannt habe, daß ich *Dich* liebe, und das schickt sich nicht vor Postbeamten, die Briefe erbrechen.)

Nachschrift

Hat sich die Situation in J. jetzt nicht so geändert, daß man überhaupt nicht weg muß? Und nur um meinetwillen reiste? Wenn die Reinigung keinen Aufregungszustand mehr bedeutet, könnte ich ja dort bzw. in Prag sein?

In Wien – so glücklich diese Stunden sein werden – spüre ich jetzt schon nicht mehr die *Ankunft*, sondern die *Abreise* nach Venedig, und mir ist bange.

Oder könnte ich – bis zum 24. – in Venedig sein und dann wieder nach dem 29.?

Unter all den Korrekturen wäre mir jetzt am liebsten eine, die ich mir an Janowitz vornehmen muß – an jenem, das nicht *Du* heißt.

DER FLOH

Im Departement du Gard – ganz richtig, da, wo Nîmes liegt und der Pont du Gard: im südlichen Frankreich – da saß in einem Postbüro ein älteres Fräulein als Beamtin, die hatte eine böse Angewohnheit: sie machte ein bißchen die Briefe auf und las sie. Das wußte alle Welt. Aber wie das so in Frankreich geht: Concierge, Telefon und Post, das sind geheiligte Institutionen, und daran kann man schon rühren, aber daran darf man nicht rühren, und so tut es denn auch keiner.

Das Fräulein also las die Briefe und bereitete mit ihren Indiskretionen den Leuten manchen Kummer.

Im Departement wohnte auf einem schönen Schlosse ein kluger Graf. Grafen sind manchmal klug, in Frankreich. Und dieser Graf tat eines Tages folgendes:

Er bestellte sich einen Gerichtsvollzieher auf das Schloß und schrieb in seiner Gegenwart an einen Freund:

Lieber Freund!
Da ich weiß, daß das Postfräulein Emilie Dupont dauernd unsre Briefe öffnet und sie liest, weil sie vor lauter Neugier platzt, so sende ich Dir anliegend, um ihr einmal das Handwerk zu legen, einen lebendigen Floh.

Mit vielen schönen Grüßen Graf Koks

Und diesen Brief verschloß er in Gegenwart des Gerichtsvollziehers. Er legte aber keinen Floh hinein.

Als der Brief ankam, war einer drin.

Alois Brandstetter

ZU LASTEN DER BRIEFTRÄGER

[...]

Was auch die Gründe im einzelnen sind, die Post kommt immer zu spät, die Post kommt immer a posteriori, Postmeister. Ich habe schon Briefe von Toten bekommen. Mancher ist schon gestorben, bevor sein Brief den Adressaten erreichte. Beispiel: Zwei Tage nach dem Begräbnis meiner Tante bekomme ich von ihr aus Kalnau einen Brief, in dem sie mich bittet, ihr doch einige Romane hinüberzubringen. Sie sei leider bettlägerig, schreibt sie, und habe bereits alles zwei- und dreimal gelesen, was sie an Büchern im Haus habe. Der Brief hat aber leider über 14 Tage benötigt, und die gute Frau war immerhin zwei Tage unter der Erde, als ich von ihr dieses Lebenszeichen erhielt. Die 14 Tage aus dem nahen Kalnau nach Prach sind eine Schande für die Post, eine Affenschande. Und der Brief meiner Tante war gar nicht der erste Brief, den ich postum erhielt. Bei eurem Tempo und bei der Geschwindigkeit der heutigen Post muß es sich der Mensch sehr früh überlegen und beizeiten schreiben, wenn er möchte, daß seine Nachricht den Adressaten auch noch zu Lebzeiten erreicht, da tut der Mensch gut daran, wenn er bereits in der Jugend schreibt. Und die Weihnachtspost gibt man am besten spätestens zu Ostern auf. Die Weihnachtspost bekomme ich mit schöner

Regelmäßigkeit post festum. Ein kleiner Scherz der Post, sagt Ürdinger, wenn er mir um Heilige Drei Könige ein solches unzeitgemäßes Stück überreicht, ein Spätzünder, sagt er und lacht, weil es doch frohe Weihnachten heißt, frohe, sagt er. Händigt er mir an Weihnachten einen Ostergruß aus, dann sagt er, der nächste Frühling kommt bestimmt. Ein Scherzartikel, sagt er. Wann, sage ich zu Ürdinger, wirft denn die Post endlich die Allzeitkarte auf den Markt, auf der der Nikolaus, der Weihnachtsmann und der Osterhase gemeinsam abgebildet sind? Vierzehn Tage von Kalnau nach Prach! Ja, wenn der Brief aus Amerika oder sonst woher aus Übersee gekommen wäre, aber vierzehn Tage darf es doch nicht einmal aus Amerika dauern. Was nützt es denn, wenn sie die Post mit dem Flugzeug über den Atlantik fliegen, wenn sie dann bei euch auf dem Postamt liegen bleibt. Was, Postmeister, ist damit gewonnen, wenn sie die Post schneller als den Schall über den großen Teich fliegen, wenn sie dann irgendwo auf eurem Postamt herumfliegt. Denn ob aus Amerika oder aus Kalnau, bei dir ist Endstation. Gut Ding braucht Weile, sagt Ürdinger.

Reiner Kunze

VARIATIONEN ÜBER DIE POST

2

Brief du
zweimillimeteröffnung
der tür zur welt du
geöffnete öffnung du
lichtschein,
durchleuchtet, du

bist angekommen

15

Bad Godesberg, 4. 9.
„… wir haben die Nachforschungen nach dem letzten Einschreibebrief bei der Post eingeleitet: bisher noch ohne Ergebnis …“

Bad Godesberg, 10. 9.
„… vielen Dank für Ihren letzten Brief, dem ich entnehmen muß, daß Sie auch mein letztes Schreiben nicht erhalten haben ...“

Bonn, 26. 10.
„Zu dieser Postsache: Sie landete wohl dort, wo wir vermuteten, denn wir erhielten die Bestätigung. Der Brief wurde an Sie nicht weitergeleitet … Übrigens war darin noch ein Brief eines Mannes aus der Schweiz an Sie …“

Briefe ihr
weißen läuse im
pelz des vaterlands, wartet,
die post ist
ein kamm!

Ingeborg Bachmann

VON LETZTEN DINGEN

Den größten Schrecken jagt mir im Moment vielleicht das Los unserer Postbeamten ein. Malina weiß, daß ich, außer für Straßenarbeiter, eine besondere Schwäche für Postbeamte habe, und dies aus mehreren Gründen. Während meine Neigung für die Straßenarbeiter mich beschämen sollte, obwohl ich mir nie etwas habe zuschulden kommen lassen, weil es immer bei einem freundlichen Gruß blieb oder beim flüchtigen Zurückschauen aus einem Auto auf eine Gruppe von gebräunten, in der Sonne schwitzenden Männern mit nacktem Oberkörper, die Kies aufschütten, den Teer aufspritzen oder ihre Jause verzehren. Jedenfalls habe ich mich nie getraut anzuhalten, selbst Malina, der von meiner weiter nicht erklärbaren Schwäche doch weiß und sie begreiflich findet, habe ich nie gebeten, mir behilflich zu sein, mit einem Straßenarbeiter ins Gespräch zu kommen.

Meine Zuneigung für Briefträger ist aber von jeder tadelnswerten Beimengung unlauterer Gedanken frei. Ich erkenne nicht einmal ihre Gesichter nach Jahren wieder, denn ich unterschreibe rasch an der Tür die Zettel, die sie mir hinreichen, oft noch mit einem dieser altmodischen Tintenstifte, die sie mit sich tragen. Ich bedanke mich auch herzlich für die Expreßbriefe und Telegramme, die sie mir aushändigen, und geize nicht mit Trinkgeldern.

Aber ich kann mich nicht bedanken, wie ich es möchte, für Briefe, die sie mir nicht zustellen. Trotzdem gilt meine Herzlichkeit, meine Überschwenglichkeit an der Tür auch dem Nichtzugestellten oder der verlorenen und der vertauschten Post. Jedenfalls habe ich das Wundersame des Briefezustellens und des Päckchenaustragens schon sehr früh erkannt. Auch der Briefkasten im Hausflur, in einer Briefkastenreihe, von den modernsten Designern entworfen für die weitvorausschauende Briefkastenindustrie, ausgeführt vermutlich für Wolkenkratzer, wie wir in Wien noch keine haben, die im schärfsten Kontrast zu der marmornen Niobe aus der Jahrhundertwende und der großräumigen feierlichen Eingangshalle stehen, läßt mich nie gleichgültig an die Männer denken, die meinen Kasten füllen mit Todesanzeigen, mit Briefkarten, in denen sich Galerien und Institute empfehlen, Reisebüros mit Werbeprospekten, die nach Istanbul, auf die Kanarischen Inseln und nach Marokko rufen. Sogar eingeschriebene Briefe werden von einem vernünftigen Herrn Sedlacek oder dem jüngeren Herrn Fuchs eingeworfen, damit ich nicht auf das Postamt in der Rasumofskygasse laufen muß, und die Geldanweisungen, die mein Herz sinken oder steigen lassen, werden so früh am Morgen gebracht, daß ich, barfuß und im Schlafrock, für den Geldbriefträger immer zur Unterschrift parat bin. Die Abendtelegramme hingegen, wenn sie noch vor acht Uhr abends vom Telegrammboten gebracht werden, erreichen mich auch in einem Zustand der Auflösung oder der Neukomposition. Wenn ich an die Tür gehe, ein Aug noch gerötet von den Augentropfen, ein Handtuch über den Kopf geworfen, der frisch gewaschenen Haare wegen, die noch nicht trocken sind, fürchtend, daß Ivan zu früh gekommen sein könnte, ist es nur ein neuer oder alter Freund mit einem Abendtelegramm. Was ich diesen Männern verdanke, die, wie die Beuteltiere, kostbarste Freudenbotschaften oder unerträgliche Hiobsbotschaften mit sich herumtragen, auf Fahrrädern radelnd, auf Motorrädern heraufknatternd vom Heumarkt, Stiegen steigend, unter Lasten läutend, in der größten Unsicherheit, ob der Weg sich gelohnt hat, ob der Adressat anwesend ist, ob der Adressat nur einen Schilling oder vier Schilling ausläßt, was ihm die Nachricht überhaupt wert ist – was wir also alle diesen Männern verdanken, bleibt noch zu sagen.

Heute endlich ist ein Satz gefallen, nicht von Herrn Sedlacek und nicht von dem jungen Fuchs, sondern von einem Briefträger, den ich nicht zu kennen glaube, der auch noch nie zwischen Weihnachten und Neujahr mit Glückwünschen aufgetaucht ist, der also wenig Grund hat, zu mir freundlich zu sein. Der Briefträger von heute sagt: Sie bekommen aber sicher nur schöne Post, und an der trag ich mich schwer! Ich habe erwidert: Ja, schwer tragen Sie, aber wir werden erst einmal nachsehen, ob Sie wirklich die schöne Post bringen, leider muß ich manchmal unter Ihrer Post leiden, und Sie leiden eben auch für meine Post. Dieser Briefträger ist wenn nicht ein Philosoph, so doch gewiß ein Filou, denn es macht ihm Spaß, mir gleich vier schwarzgerandete Kuverts auf zwei übliche

Briefe draufzulegen. Vielleicht hofft er, daß eine Todesanzeige mich freut. Aber diese eine kommt nicht, nie ist sie dabei, ich brauche nicht nachzusehen, ich werfe die vier Kuverts ungelesen in den Papierkorb. Ich würde es fühlen, wenn die richtige dabei ist, und dieser Schmeichler von einem Briefträger hat mich vielleicht durchschaut, es gibt Mitwisser nur unter den Menschen, die man kaum kennt, unter irregulären Briefträgern, wie diesem. Ich möchte ihn nie wiedersehen. Ich werde Herrn Sedlacek fragen, warum wir noch länger einen Aushilfsbriefträger brauchen, der unsere Häuser kaum kennt, der mich kaum kennt und Bemerkungen macht. In dem einen Brief liegt eine Mahnung, in dem anderen schreibt jemand, er treffe morgen um 8 h 20 ein, auf dem Südbahnhof, die Schrift kommt mir nicht bekannt vor, die Unterschrift ist unleserlich. Ich muß Malina fragen.

Die Briefträger sehen an manchen Tagen im Jahr unser Erblassen und unser Erröten, und gerade deswegen bittet man sie vielleicht nicht, einzutreten, Platz zu nehmen, einen Kaffee zu trinken. Sie sind zu eingeweiht in die Dinge, die furchtbar sind, die sie aber furchtlos durch die Straßen tragen, und so fertigt man sie ab vor der Tür, mit Trinkgeld, ohne Trinkgeld. Ihr Schicksal ist ein ganz und gar unverdientes. Die Behandlung, die selbst ich ihnen zukommen lasse, ist eine törichte, hochmütige, völlig unzumutbare. Nicht einmal nach dem Eintreffen von Ivans Ansichtskarten lade ich Herrn Sedlacek zu einer Flasche Champagner ein. Allerdings haben Malina und ich keine Champagnerflaschen im Haus herumstehen, aber für

Herrn Sedlacek sollte ich eine bereithalten, denn er sieht mich blaß und rot werden, er ahnt etwas, er muß etwas wissen.

Daß man Briefträger aus Berufung werden kann, daß man das Austragen von Post nur mißverständlich als beliebigen Beruf wählt oder ihn dafür hält, hat der berühmte Briefträger Kranewitzer in Klagenfurt bewiesen, dem man dann allerdings den Prozeß gemacht hat und ihn, einen völlig verkannten, von der Öffentlichkeit und dem Gericht mißhandelten Mann, hat man wegen Veruntreuung und Amtsmißbrauch zu einigen Jahren Gefängnis verurteilt. Die Prozeßberichte über den Fall Kranewitzer habe ich aufmerksamer gelesen als die der aufsehenerregendsten Mordprozesse in all diesen Jahren, und der Mann, der mich damals nur erstaunte, hat heute meine tiefste Sympathie. Von einem bestimmten Tag an, ohne daß er Gründe anzugeben vermochte, hat Otto Kranewitzer die Post nicht mehr ausgetragen und wochenlang, monatelang in der von ihm allein bewohnten Dreizimmer-Altwohnung die Post aufgestapelt, bis zur Decke, er hatte fast alle Möbel verkauft, um Platz zu finden für den anwachsenden Postberg. Briefe und Pakete hat er nicht geöffnet, Wertpapiere und Schecks nicht an sich genommen, keine Geldscheine von Müttern an ihre Söhne entwendet, nichts dergleichen war ihm nachzuweisen. Er konnte nur plötzlich die Post nicht mehr austragen, ein empfindlicher, zarter, großer Mann, dem die ganze Tragweite seines Unterfangens aufgegangen war, und eben deswegen mußte der kleine Beamte Kranewitzer mit

Schimpf und Schande die Österreichische Post verlassen, die sich etwas darauf zugute hält, daß sie nur zuverlässige, rührige und ausdauernde Briefträger beschäftige. In jedem Beruf muß es jedoch zumindest einen Menschen geben, der in einem tiefen Zweifel lebt und in einen Konflikt gerät. Gerade das Briefaustragen bedürfte einer latenten Angst, eines seismografischen Auffangens von Erschütterungen, das sonst nur höheren und höchsten Berufen zugestanden wird, als dürfte es nicht auch eine Krise der Post geben, für sie kein Denken – Wollen – Sein, kein skrupulöses und erhabenes Entsagen, das doch sonst allen möglichen Leuten zugestanden wird, die, besser bezahlt und auf Lehrstühlen sitzend, über die Gottesbeweise nachdenken dürfen, sinnieren dürfen über das Ontos On, die Aletheia oder meinetwegen die Erdentstehung und die Entstehung des Alls! Einem unbekannten schlechtbezahlten Otto Kranewitzer wurde aber nur Niedrigkeit und Pflichtvergessenheit nachgesagt. Nicht wurde bemerkt, daß er ins Sinnieren gekommen war, daß ihn das Staunen erfaßt hatte, das ja der Anfang alles Philosophierens und der Menschwerdung überhaupt ist, und angesichts der Dinge, über die er aus der Fassung geriet, war ihm die Kompetenz gar nicht abzusprechen, denn niemand als er, der dreißig Jahre lang in Klagenfurt die Post ausgetragen hatte, war fähiger, das Problem der Post, das Problematische daran zu erkennen.

Ihm waren unsere Straßen vollkommen vertraut, es war ihm klar, welche Briefe, welche Drucksachen, welche Pakete richtig frankiert waren. Auch feinere und feinste

Unterschiede bei der Adreßschreibung, ein „Hwg" oder ein Name ohne „Herrn" oder „Frau" dazu, ein „Prof. Dr. Dr." sagten ihm mehr über Attitüden, Generationskonflikte, soziale Alarmzeichen, als unsere Soziologen und Psychiater je herausfinden werden. Bei falscher oder mangelhafter Absenderangabe war ihm im Nu alles klar, selbstverständlich unterschied er ohne weiteres einen Familienbrief von einem Geschäftsbrief, Briefe fast freundschaftlicher von solchen ganz intimer Natur, und dieser bedeutende Briefträger, der das ganze Risiko seines Berufs für alle anderen mit als Kreuz auf sich genommen hat, muß in seiner Wohnung, vor dem anwachsenden Postberg, vom Grauen befallen worden sein, unsägliche Gewissensqualen erlitten haben, die anderen Menschen, für die ein Brief einfach ein Brief ist und eine Drucksache gleich Drucksache, gar nicht einsehbar wären. Wer hingegen, wie ich, auch nur den Versuch macht, die eigene Post aus einigen Jahren zusammenzutragen und sich davor hinzusetzen (und der wäre noch immer befangen, weil es bloß die eigene Post ist, die nicht ganz befähigt, größere Zusammenhänge zu sehen), würde wohl begreifen, daß eine postalische Krise, selbst wenn sie nur in einer kleineren Stadt und wenige Wochen lang stattgefunden hat, dem Anfang einer erlaubten, öffentlichen, weltweiten Krise, wie sie oft leichtfertig heraufbeschworen wird, überlegen ist durch ihre Moral, und daß das Denken, das immer seltener wird, nicht nur einer privilegierten Schicht und ihren fragwürdigen Vertretern, den beamtet Reflektierenden, sondern auch einem Otto Kranewitzer zugestanden werden muß.

Seit dem Fall Kranewitzer hat sich in mir unmerklich vieles verändert. Malina muß ich es erklären, und ich erkläre es schon.

Ich: Seither weiß ich, was das Briefgeheimnis ist. Heute vermag ich schon, es mir ganz vorzustellen. Nach dem Fall Kranewitzer habe ich meine Post aus vielen Jahren verbrannt, danach fing ich an, ganz andere Briefe zu schreiben, meistens spät nachts, bis acht Uhr früh. Auf diese Briefe, die ich alle nicht abschickte, kommt es mir aber an. Ich muß in diesen vier, fünf Jahren etwa zehntausend Briefe geschrieben haben, für mich allein, in denen alles stand. Ich öffne auch viele Briefe nicht, ich versuche, mich im Briefgeheimnis zu üben, mich auf die Höhe dieses Gedankens von Kranewitzer zu bringen, das Unerlaubte zu begreifen, das darin bestehen könnte, einen Brief zu lesen. Aber immer noch habe ich Rückfälle, weil ich plötzlich doch einen aufmache und lese, ihn dann sogar herumliegen lasse, so daß du ihn, zum Beispiel, lesen könntest, während ich in der Küche bin. Mit so wenig Sorgfalt hüte ich die Briefe. Es ist also nicht die Krise der Post und des Schreibens, der ich nicht ganz gewachsen bin. Ich falle in die Neugier zurück, ich reiße hin und wieder ein

Päckchen auf, besonders zur Weihnachtszeit, und packe beschämt ein Halstuch aus, eine Kerze aus Bienenwachs, eine versilberte Haarbürste von meiner Schwester, einen neuen Kalender von Alexander. So inkonsequent bin ich immer noch, obwohl der Fall Kranewitzer mich hätte bessern können.

Malina: Warum liegt dir soviel an dem Briefgeheimnis?

Ich: Nicht wegen dieses Otto Kranewitzer. Meinetwegen. Auch deinetwegen. Und in der Wiener Universität habe ich auf einen Stab geschworen. Es war mein einziger Schwur. Keinem Menschen, keinem Stellvertreter einer Religion oder Politik war ich je fähig zu schwören. Schon als Kind, da ich mich anders nicht wehren konnte, wurde ich sofort schwer krank, ich bekam regelrechte Krankheiten mit hohem Fieber, und man konnte mich nicht auf den Weg schicken, zu schwören. Alle Leute mit nur einem einzigen Schwur haben es eben schwerer. Mehrere Schwüre kann man sicher brechen, aber einen nicht.

Da Malina mich kennt und mein Herumstolpern von einer Sache zur anderen ihm geläufig ist, glaubt er mir, daß ich trotzdem den Willen habe, alles viel weiterzutreiben, als ich es in unserer alltäglichen, eingeschränkten Möglichkeit zu erkennen gebe, daß ich also auch dem Briefgeheimnis zuletzt noch auf die Spur kommen möchte und daß ich es wahren werde.

Die Briefträger in Wien sollen heute nacht alle gefoltert werden, man will wissen, ob sie dem Briefgeheimnis gewachsen sind. Einige wiederum sollen nur auf Krampfadern, Plattfüße und andere physische Deformationen untersucht werden. Es ist möglich, daß man von morgen an das Militär einsetzen wird, um die Post auszutragen, weil die Briefträger geschunden, verletzt, gequält, gefoltert oder, nach dem Injizieren des Wahrheitsserums, zusammengebrochen, nichts mehr werden austragen können. Ich überlege mir eine flammende Rede, einen Brief, ja, einen flammenden Brief an den Postminister, um meine und alle anderen Briefträger zu schützen. Einen Brief, der vielleicht schon von den Soldaten abgefangen und verbrannt wird, es werden die Flammen die Worte wegbrennen oder anschwärzen, und es könnte sein, daß auf den Korridoren des Ministeriums die Amtsdiener nur noch mit einem Stück verkohlten Papiers weiterjagen, um es dem Postminister zu überreichen.

TELEFON UND TELEGRAPHIE

Heinrich von Kleist

NÜTZLICHE ERFINDUNGEN

Entwurf einer Bombenpost

Man hat, in diesen Tagen, zur Beförderung des Verkehrs innerhalb der Grenzen der vier Weltteile, einen elektrischen Telegraphen erfunden; einen Telegraphen, der mit der Schnelligkeit des Gedankens, ich will sagen, in kürzerer Zeit, als irgend ein chronometrisches Instrument angeben kann, vermittelst des Elektrophors und des Metalldrahts, Nachrichten mitteilt; dergestalt, daß wenn jemand, falls nur sonst die Vorrichtung dazu getroffen wäre, einen guten Freund, den er unter den Antipoden hätte, fragen wollte: wie gehts dir? derselbe, ehe man noch eine Hand umkehrt, ohngefähr so, als ob er in einem und demselben Zimmer stünde, antworten könnte: recht gut. So gern wir dem Erfinder dieser Post, die, auf recht eigentliche Weise, auf Flügeln des Blitzes reitet, die Krone des Verdienstes zugestehn, so hat doch auch diese Fernschreibekunst noch die Unvollkommenheit, daß sie nur, dem Interesse des Kaufmanns wenig ersprießlich, zur Versendung ganz kurzer und lakonischer Nachrichten, nicht aber zur Übermachung von Briefen, Berichten, Beilagen und Paketen taugt. Demnach schlagen wir, um auch diese Lücke zu erfüllen, zur Beschleunigung und Vervielfachung der Handelskommunikationen, wenigstens innerhalb der Grenzen der kultivierten Welt, eine

Wurf- oder Bombenpost vor; ein Institut, das sich auf zweckmäßig, innerhalb des Raums einer Schußweite, angelegten Artilleriestationen, aus Mörsern oder Haubitzen, hohle, statt des Pulvers, mit Briefen und Paketen angefüllte Kugeln, die man ohne alle Schwierigkeit, mit den Augen verfolgen, und wo sie hinfallen, falls es kein Morastgrund ist, wieder auffinden kann, zuwürfe; dergestalt, daß die Kugel, auf jeder Station zuvörderst eröffnet, die respektiven Briefe für jeden Ort herausgenommen, die neuen hineingelegt, das Ganze wieder verschlossen, in einen neuen Mörser geladen, und zur nächsten Station weiter spediert werden könnte. Den Prospektus des Ganzen und die Beschreibung und Auseinandersetzung der Anlagen und Kosten behalten wir einer umständlicheren und weitläufigeren Abhandlung bevor. Da man, auf diese Weise, wie eine kurze mathematische Berechnung lehrt, binnen Zeit eines halben Tages, gegen geringe Kosten von Berlin nach Stettin oder Breslau würde schreiben oder respondieren können, und mithin, verglichen mit unseren reitenden Posten, ein zehnfacher Zeitgewinn entsteht oder es ebensoviel ist, als ob ein Zauberstab diese Orte der Stadt Berlin zehnmal näher gerückt hätte: so glauben wir für das bürgerliche sowohl als handeltreibende Publikum, eine Erfindung von dem größesten und entscheidendsten Gewicht, geschickt, den Verkehr auf den höchsten Gipfel der Vollkommenheit zu treiben, an den Tag gelegt zu haben.

Berlin, den 10. Okt. 1810 *rmz*

Kurt Tucholsky

EIN FERNGESPRÄCH

„Hier ist nochmals das Fernamt. Ich möchte Sie darauf aufmerksam machen, daß Sie möglichst langsam und möglichst dialektfrei sprechen müssen; der Telefonverkehr für solche Gespräche, wie Sie eins angemeldet haben, ist zwar freigegeben – aber nur unter der Bedingung, daß der dortige Überwachungsbeamte den Gesprächen folgen kann. Wir haben nun die Erfahrung gemacht, daß regelmäßig getrennt wird, wenn die Teilnehmer Dialekte oder fremde Sprachen sprechen. Wir weisen Sie in Ihrem Interesse darauf hin."

„Ja doch. Allemal. Na jewiß doch."

„Au Backe! Et klingelt. Det is det Fernjespräch! Emma, sperr ma die Jehrn in die Kiche, det sie nich so brillen!

Jaaa – ? Emil, bist du da? Emil! Wat sacht der? Emil! Emil! Bist du da? 'n Tach, Emil! Hier ist Pauel! Ja! Ick spreche nehmlich jewählt, damit daß die Beamten heern solln, det wir nischt Vabotnes sprechen! Heer ma, Emil! Wie jehts dir denn? Jut, ja? Saufst du noch so viel? Det mußte nich! Det jreift die Nieren an – die Nieren! die Nieren! – liecht det an die Vaständjung, oda haste dir de Ohrn nich jewaschen? Emil! Paß ma uff! Ick rufe wejen Minnan an! Paß ma uff:

Minna wollt doch nu heiratn, weißte, wa? Nu will sie ihrer aber nich heiraten – neien! Er will nich! Er sacht, det dritte Kind wär nu auch nich von ihn – er sacht ßzweemal hätt er sich det mitanjesehn, aber det dritte Mal, sachta, akennt er det nich an! Er wär keene Kleen-Kinder-Bewahranstalt! Emil! Bist du noch da? Nu hat Erwin sein Schwager, ja, der Dusslige, der imma beit Billjardspiel so mohrelt – ehmderselbige! Ja, der hat ihr doch nu die Wohnungseinrichtung besorcht, det Bett und die Kommode und den Schrank – allens aus Mahachoni – nu sitzt sie damit da. Emil! Bist du noch da? Wat sachste du? Klahren? Dir ham se woll mitn Klammerbeutel jepudert? Wat denn – klahren? Der laßt ihr hochjehn, det weeßte doch janz jenau! Natierlich – det wirst du mir nich lernen, wie man diß macht! Ochse! Een Ochse bist du – allemal! Nein. Neien! Mensch, wenn du so lang wärst wie de dumm bist, könntste aus der Dachrinne saufen! Ick bleibe bei mein Wort. Also paß ma uff:

Nu sitzt se da mit den Amöblemang. Nu hatten wir jestan bei Schippanowsky ieber die Sache jeredt – Lottchen wah ooch da und der dicke Mattberg, der immer den Stolzen markiert, und denn Hejemann. Also ick bringe det Jespräch so janz pee a pee uff sehr feine Art uff die Sache … ick ha se erscht 'n bisken wat injejehm, na, nich Medessin … Emil? Emil! Bist du noch da? Und nach ne halbe Stunde wahn se denn so weit. Ja. Hejemann wah jleich fett … mit die andern konnt ick noch redn. Ick habe sie det anjebotn … und bei die Jelegenheit hat sich noch 'n andret Jeschäft ajehm … Emil? Emil – hättste Lust, deine olle Laube jejen einen Rennkahn umzutauschen – det heeßt – den nimmt dir der Mattberch wieda ab, det is bloß die Form wejen. Er nimmt die Laube, und denn jibt er dir den Kahn … det heeßt: der Kahn jeheert 'n jahnich … er jibbt 'n bloß so lange aß seinen aus, bis daß er die Forderung beijetriehm hat … von Hejemann junior! Den kennste doch, wa? Emil? Emil! Wat hältst du von die Sache? Wacht ma! Emma rummelt hier so mit die Meebel! Emma! Wißte jleich stille sind! Na, laß mir man hier fechtig sein – denn kriste aba von Vatan eene jeklebt, dette dir um dir selber trieselst! Emil! Emil – wat hälst du von die Sache? Wat? Det willste nich machen? Woso nich? Warum willste det nich machen? Det is 'n dodsichres Jeschäft! Wat? Na, Mensch, du mußt da aba orntlich eenen jehohm haben – du saufst ooch, bis daß dir der Schnaps aus de Ohren looft. Warum wißte denn det nich machen? Mattberg tritt die Forderung ab, wattn, wattn … Sicherheit? Wir sind hier nich bei de Reichsbank, do! Wat sachste? Det willste nich? Det willste nich? Na, denn werk dir mah wat sahrn:

Du bist eene janz dusslige Rotzneese, wo nich in de Zeit paßt! Ja, nu – wos mit die Dollaren aus ist, da paßt er! Na, vor dir machen se keene neue Inflation! Vor dir nich! Na, jeh doch! Na, mach doch! Du wirst den Zaun nich pinseln! Du nich! Aber det wick dir noch sahren – ick wer dir mal sahren, wat du mir kannst – du kannst mir –

Emil! Emil! Emil! Ja? Ick plauderte jrade mit den Herrn! Wat sacht er – ? Na, is dett die Menschenmeeglichkeit!

Jetzt hat der jetrennt, weil ich ihm nich hochdeutsch

jenuch jesprochen habe! Fernamt! Frollein, ick habe jesprochen wie unsa Pastor in de Kirche, und der trennt?

So wie ick hier spreche – ach wat, Dialekt! Dialekt! Ick spreche keen Dialekt – ich spreche Deutsch, vastehn Se mir? So wie ick spreche: mir vastehn ja die Nejer. N wie Nathan … Wech.

So, Emma, nu kriste dein Fett von Vatan!"

Alois Brandstetter

ZU LASTEN DER BRIEFTRÄGER

[...]

Und über all dem steht groß: POSTGEHEIMNIS. Deine Leute haben ein eigenartiges Verhältnis zum Postgeheimnis. Ürdinger, Blumauer und Deuth haben ein recht eigentümliches und schleierhaftes Verständnis vom Brief- und Postgeheimnis. Was die Post mit der Post macht, ist allein ihre Sache und ausschließlich ihre Angelegenheit, das ist ihr eigenes Geheimnis, sagen sie. Das Postgeheimnis ist im Grundgesetz garantiert, sagen sie. Und genauso verhält es sich nach Ürdingers Aussage auch mit dem Fernsprechgeheimnis. Die Post, sagt er, hat in unserem freiheitlichen Rechtsstaat das Fernsprechmonopol, die Post allein ist für das Telephon zuständig. Was das Telephon betrifft, sagt er, so hat hier niemand als die Post etwas zu melden, keiner kann ihr ins Telephon dreinreden. Und kein Mensch darf in Leitungen hineinhören, wenn es die Post nicht erlaubt, auch nicht der Verfassungsschutz. Wenn sich die Post auf die Hinterbeine stellt, kann der Verfassungsschutz kopfstehen, es kommt kein Sterbenswörtlein heraus. Wenn die Post nicht will, nützt das gar nichts. Da kann der Verfassungsschutz zehnmal mit den Sicherheitsinteressen des Staates auffahren, wenn die Post nicht will, heißt es immer wieder ganz kühl: Kein Anschluß unter dieser Nummer, auch nicht auf Nummer Sicherheit.

Ansonsten, sagt Ürdinger, ist aber das Verhältnis zwischen Post und Verfassungsschutz gut und von gegenseitigem Vertrauen gekennzeichnet.

Ich bin keine wichtige Person, Postmeister, aber wenn ich telephoniere, begrüße ich sicherheitshalber immer auch die Mithörer von Post und Verfassungsschutz. Grüß Gott, sage ich, meine Herren. Wenn es plötzlich ein wenig knackt, dann weiß ich, daß schon wieder der Wurm in der Leitung ist, der Gewissenswurm, der Ohrwurm der Obrigkeit. Ich sei, gewährt mir die Bitte, in eurer Verbindung der dritte, sage ich dann. Oder: Aufhören mit dem Abhören, sage ich und lege auf. Und wenn ich einen Brief schreibe, dann bringe ich oft für die mitlesenden Briefträger noch ein Postskriptum an. Liebe Briefträger, schreibe ich meinetwegen, ich bitte, diese Mitteilungen vertraulich zu behandeln. Oder ich schreibe: Ich bitte um gezielte Verbreitung dieser Indiskretionen.

Walter Benjamin

DAS TELEPHON

Es mag am Bau der Apparate oder der Erinnerung liegen – gewiß ist, daß im Nachhall die Geräusche der ersten Telephongespräche mir sehr anders in den Ohren liegen als die heutigen. Es waren Nachtgeräusche. Keine Muse vermeldet sie. Die Nacht, aus der sie kamen, war die gleiche, die jeder wahren Neugeburt vorhergeht. Und eine neugeborene war die Stimme, die in den Apparaten schlummerte. Auf Tag und Stunde war das Telephon mein Zwillingsbruder. Und so durfte ich erleben, wie es die Erniedrigung der Fühzeit in seiner stolzen Laufbahn überwand. Denn als Kronleuchter, Ofenschirm und Zimmerpalme, Konsole, Gueridon und Erkerbrüstung, die damals in den Vorderzimmern prangten, schon längst verdorben und gestorben waren, hielt, einem sagenhaften Helden gleich, der in der Bergschlucht ausgesetzt gewesen, den dunklen Korridor im Rücken lassend, der Apparat den königlichen Einzug in die gelichteten und helleren, nun von einem jüngeren Geschlecht bewohnten Räume. Ihm wurde er der Trost der Einsamkeit. Den Hoffnungslosen, die diese schlechte Welt verlassen wollten, blinkte er mit dem Licht der letzten Hoffnung. Mit den Verlassenen teilte er ihr Bett. Auch stand er im Begriff, die schrille Stimme, die er aus dem Exil behalten hatte, zu einem warmen Summen abzudämpfen. Denn was bedurfte es noch mehr an Stätten, wo alles seinem Anruf entgegenträumte oder ihn zittenrd wie ein Sünder erwartete. Nicht viele, die heute ihn benutzen, wissen noch, welche Verheerungen einst sein Erscheinen im Schoße der Familien verursacht hat. Der Laut, mit dem er zwischen zwei und vier, wenn wieder ein Schulfreund mich zu sprechen wünschte, anschlug, war ein Alarmsignal, das nicht allein die Mittagsruhe meiner Eltern, sondern die weltgeschichtliche Epoche störte, in deren Mitte sie sich ihr ergaben. Meinungsverschiedenheiten mit den Ämtern waren die Regel, ganz zu schweigen von den Drohungen und Donnerworten, die mein Vater gegen die Beschwerdestelle ausstieß. Doch seine eigentlichen Orgien galten der Kurbel, der er sich minutenlang und bis zur Selbstvergessenheit verschrieb. Und seine Hand war wie ein Derwisch, der der Wollust seines Taumels unterliegt. Mir aber schlug das Herz, ich war gewiß, in solchen Fällen drohe der Beamtin als Strafe ihrer Säumigkeit ein Schlag. In diesen Zeiten hing das Telephon entstellt und ausgestoßen zwischen der Truhe für die schmutzige Wäsche und dem Gasometer in einem Winkel des Hinterkorridors, von wo sein Läuten die Schrecken der Berliner Wohnung nur steigerte. Wenn ich dann, meiner Sinne kaum mehr mächtig, nach langem Tasten durch den finstern Schlauch, anlangte, um den Aufruhr abzustellen, die beiden Hörer, welche das Gewicht von Hanteln hatten, abriß und den Kopf dazwischen preßte, war ich gnadenlos der Stimme ausgeliefert, die da sprach. Nichts war, was die unheimliche Gewalt, mit der sie auf mich eindrang, milderte. Ohnmächtig litt ich, wie sie die Besinnung auf Zeit und Pflicht und Vorsatz mir entwand, die eigene Überlegung nichtig machte, und wie das Medium der Stimme, die von drüben seiner sich bemächtigt, folgt, ergab ich mich dem ersten besten Vorschlag, der durch das Telephon an mich erging.

POSTAMT

Heinrich von Kleist

AN WILHELMINE VON ZENGE

A Mademoiselle Mademoiselle Wilhelmine de Zenge à Francfort sur l'Oder.

Paris, den 15. August 1801

Mein liebes Minchen, Dein Brief, und die paar Zeilen von Carln und Louisen haben mir außerordentlich viele Freude gemacht. Es waren seit 10 Wochen wieder die ersten Zeilen, die ich von Deiner Hand las; denn die Briefe, die Du mir, wie Du sagst, während dieser Zeit geschrieben hast, müssen verloren gegangen sein, weil ich sie nicht empfangen habe. Desto größer war meine Freude, als ich heute auf der Post meine Adresse und Deine Hand erkannte – Aber denke Dir meinen Schreck, als der Postmeister meinen Paß zu sehen verlangte, und ich gewahr ward, daß ich ihn unglücklicherweise vergessen hatte –? Was war zu tun? Die Post ist eine starke halbe Meile von meiner Wohnung entfernt – Sollte ich zurücklaufen, sollte ich noch zwei Stunden warten, einen Brief zu erbrechen, den ich schon in meiner Hand hielt? – Ich bat den Postmeister, er möchte einmal eine Ausnahme von der Regel machen, ich stellte ihm die Unbequemlichkeit des Zurücklaufens vor, ich vertraute ihm an, wie viele Freude es mir machen würde, wenn ich den Brief mit mir zurücknehmen könnte, ich schwor ihm zu, daß ich Kleist sei und ihn nicht betrüge – Umsonst! Der Mann war unerbittlich. Schwarz auf weiß wollte er sehen, Mienen konnte er nicht lesen – Tausendfältig betrogen, glaubte er nicht mehr, daß in Paris jemand ehrlich sein könnte. Ich verachtete, oder vielmehr ich bemitleidete ihn, holte meinen Paß, und vergab ihm, als er mir Deinen Brief überlieferte. Ganz ermüdet lief ich in ein Kaffeehaus und las ihn – und der Ernst, der in Deinem Briefe herrscht, Deine stille Bemühung, Dich immer mehr und mehr zu bilden, die Beschreibung Deines Zustandes, in welchem Du Dich, so sehr ich Dich auch betrübe, doch noch so ziemlich glücklich fühlst, das alles rührte mich so innig, daß ich es in dem Schauspielhause, in welches ich gegangen war, ein großes Stück zu sehen, gar nicht aushalten konnte, noch vor dem Anfang der Vorstellung wieder herauslief, und jetzt, noch mit aller Wärme der ersten Empfindung, mich niedersetze, Dir zu antworten.

Du willst, ich soll Dir etwas von meiner Seele mitteilen? Mein liebes Mädchen, wie gern tue ich das, wenn ich hoffen kann, daß es Dich erfreuen wird. Ja, seit einigen Wochen scheint es mir, als hätte sich der Sturm ein wenig gelegt – Kannst Du Dir wohl vorstellen, wie leicht, wie wehmütig froh dem Schiffer zumute sein mag, dessen Fahrzeug in einer langen finstern stürmenden Nacht, gefährlich-wankend, umhergetrieben ward, wenn er nun an der sanftern Bewegung fühlt, daß ein stiller, heitrer Tag anbrechen wird? Etwas Ähnliches empfinde ich in meiner Seele – O möchtest Du auch ein wenig von der Ruhe genießen, die mir seit einiger Zeit zuteil geworden ist, möchtest Du, wenn Du diesen Brief liesest, auch einmal ein wenig froh sein, so wie ich es jetzt bin, da ich ihn schreibe. Ja, vielleicht werde ich diese Reise nach Paris, von welcher ich keinem Menschen, ja sogar mir selbst nicht Rechenschaft geben kann, doch noch segnen. Nicht wegen der Freuden, die ich genoß, denn sparsam waren sie mir zugemessen; aber alle Sinne bestätigen mir hier, was längst mein Gefühl mir sagte, nämlich daß uns die Wissenschaften weder besser noch glücklicher machen, und ich hoffe daß mich das zu einer Entschließung führen wird. O ich kann Dir nicht beschreiben, welchen Eindruck der erste Anblick dieser höchsten Sittenlosigkeit bei der höchsten Wissenschaft auf mich machte. Wohin das Schicksal diese Nation führen wird – ? Gott weiß es. Sie ist reifer zum Untergange als irgend eine andere europäische Nation. Zuweilen, wenn ich die Bibliotheken ansehe, wo in prächtigen Sälen und in prächtigen Bänden die Werke Rousseaus, Helvetius', Voltaires stehen, so denke ich, was haben sie genutzt? Hat ein einziges seinen Zweck erreicht? Haben sie das Rad aufhalten können, das unaufhaltsam stürzend seinem Abgrund entgegeneilt? O hätten alle, die gute Werke *geschrieben* haben, die Hälfte von diesem Guten *getan*, es stünde besser um die Welt. Ja selbst dieses Studium der Naturwissenschaft, auf welches der ganze Geist der französischen Nation mit fast vereinten Kräften gefallen ist, wohin wird es führen? Warum verschwendet der Staat Millionen an alle diese Anstalten zur Ausbreitung der Gelehrsamkeit? Ist es ihm um *Wahrheit* zu tun? Dem *Staate*? Ein Staat kennt keinen andern Vorteil, als den er nach Prozenten berechnen kann. Er will die Wahrheit *anwenden* – Und worauf? Auf Künste und Gewerbe. Er will das Bequeme noch bequemer machen, das Sinnliche noch versinnlichen, den raffiniertesten Luxus noch raffinieren. – Und wenn am Ende auch das üppigste und verwöhnteste Bedürfnis keinen Wunsch mehr ersinnen kann, was ist dann –? O wie unbegreiflich ist der Wille, der über die Menschengattung waltet! Ohne Wissenschaft zittern wir vor jeder Lufterscheinung, unser Leben ist jedem Raubtier ausgesetzt, eine Giftpflanze kann uns töten – und sobald wir in das Reich des Wissens treten, sobald wir unsre Kenntnisse anwenden, uns zu sichern und zu schützen, gleich ist der erste Schritt zu dem Luxus und mit ihm zu allen Lastern der Sinnlichkeit getan. Denn wenn wir zum Beispiel die Wissenschaften nutzen, uns vor dem Genuß giftiger Pflanzen zu hüten, warum sollen wir sie nicht auch nutzen, wohlschmeckende zu sammeln, und wo ist nun die Grenze hinter welcher die Poulets à la suprême und alle diese Raffinements der französischen Kochkunst liegen? Und doch – gesetzt, Rousseau hätte in der Beantwortung der Frage, ob die Wissenschaften den Menschen glücklicher gemacht haben, recht, wenn er sie mit *Nein* beantwortet, welche seltsamen Widersprüche würden aus dieser Wahrheit folgen! Denn es mußten viele Jahrtausende vergehen, ehe so viele Kenntnisse gesammelt werden konnten, wie nötig waren, einzusehen, daß man keine haben müßte. Nun also müßte man alle Kenntnisse vergessen, den Fehler wieder gut zu machen; und somit finge das Elend wieder von vorn an. Denn der Mensch hat ein unwidersprechliches Bedürfnis sich aufzuklären. Ohne Aufklärung ist er nicht viel mehr als ein Tier. Sein moralisches Bedürfnis treibt ihn zu den Wissenschaften an, wenn dies auch kein physisches täte. Er wäre also, wie Ixion, verdammt, ein Rad auf einen Berg zu wälzen, das halb erhoben, immer wieder in den Abgrund stürzt. Auch ist immer Licht, wo Schatten ist, und umgekehrt. Wenn die Unwissenheit unsre Einfalt, unsre Unschuld und alle Genüsse der friedlichen Natur sichert, so öffnet sie dagegen allen Greueln des Aberglaubens die Tore – Wenn dagegen die Wissenschaften uns in das Labyrinth des Luxus führen, so schützen sie uns vor allen Greueln des Aberglaubens. Jede reicht uns Tugenden und Laster, und wir mögen am Ende aufgeklärt oder unwissend sein, so haben wir dabei so viel verloren, als gewonnen. – Und so mögen wir denn vielleicht am Ende tun, was wir wollen, wir tun recht – Ja, wahrlich, wenn man überlegt, daß wir ein Leben bedürfen, um zu lernen, wie wir leben müßten, daß wir selbst im Tode noch nicht ahnden, was der Himmel mit uns will, wenn niemand den Zweck seines Daseins und seine Bestimmung kennt, wenn die menschliche Vernunft nicht hinreicht, sich und die Seele und das Leben und die Dinge um sich zu begreifen, wenn man seit Jahrtausenden noch zweifelt, ob es ein *Recht* gibt – – kann Gott von solchen Wesen *Verantwortlichkeit* fordern? Man sage nicht, daß eine Stimme im Innern uns heimlich und deutlich anvertraue, was recht sei. Dieselbe Stimme, die dem Christen zuruft, seinem Feinde zu vergeben, ruft dem Seeländer zu, ihn zu braten, und mit Andacht ißt er ihn auf – Wenn die Überzeugung solche Taten rechtfertigen kann, darf man ihr trauen? – Was heißt das auch, etwas Böses tun, der Wirkung nach? Was ist *böse*? *Absolut böse?* Tausendfältig verknüpft und verschlungen sind die Dinge der Welt, jede Handlung ist die Mutter von Millionen andern, und oft die schlechteste erzeugt die besten – Sage mir, wer auf dieser Erde hat schon etwas *Böses* getan? Etwas, das böse wäre *in alle Ewigkeit fort* – ? Und was uns auch die Geschichte von Nero, und Attila, und Cartouche, von den Hunnen, und den Kreuzzügen, und der spanischen Inquisition erzählt, so rollt doch dieser Planet immer noch freundlich durch den Himmelsraum, und die Frühlinge wiederholen sich, und die Menschen leben, genießen, und sterben nach wie vor. – Ja, tun, was der Himmel sichtbar, unzweifelhaft von uns fordert, das ist genug – Leben, so lange die Brust sich hebt, genießen, was rundum blüht, hin und wieder etwas Gutes tun, weil das auch ein Genuß ist, arbeiten, damit man genießen und wirken könne, andern das Leben geben, damit sie es wieder so machen und die Gattung erhalten werde – und dann sterben – Dem hat der Himmel ein Geheimnis eröffnet, der das tut und weiter nichts. Freiheit, ein eignes Haus, und ein Weib, meine drei Wünsche, die ich mir beim Auf- und Untergange der Sonne wiederhole, wie ein Mönch seine drei Gelübde! O um diesen Preis will ich allen Ehrgeiz fahren lassen und alle Pracht der Reichen und allen Ruhm der Gelehrten – Nachruhm! Was ist das für ein seltsames Ding, das man erst genießen kann, wenn man nicht mehr ist? O über den Irrtum, der die Menschen um zwei Leben betrügt, der sie selbst nach dem Tode noch äfft! Denn wer kennt die Namen der Magier und ihre Weisheit? Wer wird nach Jahrtausenden von uns und unserm Ruhme reden? Was wissen Asien, und Afrika und Amerika von unsern Genien? Und nun die Planeten – ? Und die Sonne – ? Und die Milchstraße – ? Und die Nebelflecke – ? Ja, unsinnig ist es, wenn wir nicht grade für die Quadratrute leben, auf welcher, und für den Augenblick, in welchem wir uns befinden. Genießen! Das ist der Preis des Lebens! Ja, wahrlich, wenn wir seiner niemals froh werden, können wir nicht mit Recht den Schöpfer fragen, warum gabst Du es mir? Lebensgenuß seinen Geschöpfen zu geben, das ist die Verpflichtung des Himmels; die Verpflichtung des Menschen ist es, ihn zu verdienen. Ja, es liegt eine Schuld auf den Menschen, etwas Gutes zu tun, verstehe mich recht, ohne figürlich zu reden, schlechthin zu *tun* – Ich werde das immer deutlicher und deutlicher einsehen, immer lebhafter und lebhafter fühlen lernen, bis Vernunft und Herz mit aller Gewalt meiner Seele einen Entschluß bewirken – Sei ruhig, bis dahin. Ich bedarf Zeit, denn ich bedarf Gewißheit und Sicherheit in der Seele, zu dem Schritte, der die ganze Bahn der Zukunft bestimmen soll. Ich will mich nicht mehr übereilen – tue ich es noch einmal, so ist es das letztemal – denn ich verachte entweder alsdann meine Seele oder die Erde, und trenne sie. Aber sei ruhig, ich werde mich nicht übereilen. Dürfte ich auf meine eigne Bildung keine Kräfte verschwenden, so würde ich vielleicht jetzt schon wählen. Aber noch fühle ich meine eigne Blößen. Ich habe den Lauf meiner Studien plötzlich unterbrochen, und werde das Versäumte hier nachholen, aber nicht mehr bloß um der Wahrheit willen, sondern für meinen menschenfreundlicheren Zweck – Erlaß es mir, mich deutlicher zu erklären. Ich bin noch nicht bestimmt und ein geschriebenes Wort ist ewig. Aber hoffe das Beste – Ich werde Dich endlich einmal erfreuen können, Wilhelmine, und Deine Sorge sei es, mir die *Innigkeit* Deiner Liebe aufzubewahren, ohne welche ich in Deinen Armen niemals glücklich sein würde. Kein Tag möge vergehen, ohne mich zu *sehen* – Du kannst mich leicht finden, wenn Du in die Gartenlaube, oder in Carls Zimmer, oder an den Bach gehst, der aus den Linden in die Oder fließt – So möge die Vergangenheit und die Zukunft Dir die Gegenwart versüßen, so mögest Du *träumend* glücklich sein, bis – bis – – – Ja, wer könnte das aussprechen – ?

Lebe wohl. Ich drücke Dir einen *langen* Kuß auf die Lippen – – Adieu adieu –

N.S. Gib das folgende Blatt Louisen, das Billett schicke Carln. Grüße Deine Eltern – sage mir, warum bin ich unruhig so oft ich an sie denke, und doch nicht, wenn ich an Dich denke? – Das macht, weil *wir uns verstehen* – O möchte doch die ganze Welt in mein Herz sehen! Ja, grüße sie, und sage ihnen daß ich sie ehre, sie mögen auch von mir denken, was sie wollen. – Schreibe bald (ich habe Dir schon von Paris aus einmal geschrieben) – aber nicht mehr poste restante, sondern dans la rue Noyer, No 21.

Erich Kästner

SORGEN UND EINFÄLLE

Mittwoch, 23. Juni 1948

Hartwig, der junge rothaarige Maler, kam vorbei und fragte, ob ich ihm den Skizzenblock schenken könnte, der sich seit Monaten auf meinem Schreibtisch herumtreibe. „Sie brauchen das Ding ja doch nicht“, meinte er freundlich. Dann plauderten wir über die Währungsreform, insbesondere über das Kopfgeld, das man besser „Fersengeld“ hätte nennen sollen, und über die Ölmalerei, mit der's zunächst einmal Essig sei. Wer künftig Geld verdienen wolle, gab ich zu bedenken, der müsse Einfälle und Initiative haben, daß es nur so rauche.

„Ich weiß schon“, sagte der junge Mann, „– es wie Rockefeller machen. Auf der Straße so lange Stecknadeln und Knöpfe aufheben, bis man Millionär ist. Heben Sie heute mal in Deutschland Stecknadeln auf!“ Er lachte bitterlich. „Es hat auch keinen Sinn, mich in die nächste Kneipe zu schicken, damit ich dort so laut und so lange Klavier spiele, bis aus dem Lokal eine Goldgrube wird! Ich kann nicht Klavier spielen, nicht singen und nicht auf dem Seil tanzen. Ferner wäre es zwecklos, wenn ich in die Cafés liefe, um die werten Gäste zu konterfeien. Die drei armen Teufel, die dort sitzen, wollen kein Porträt, sondern ein Glas Himbeerwasser. Sie sind ein Spätromantiker. Ihre Phantasie hat ein Loch. Wie unser

Kochtopf." Dann ging er. Den Skizzenblock nahm er mit.

Freitag, 25. Juni 1948

Auf dem Postamt in der Ludwigstraße gab's keine Postkarten. Briefe kosten das doppelte Porto. Für dreißig kurze Antworten auf geschäftliche Anfragen 7,20 DM Spesen? Statt 3,60 DM? Nie und nimmer!

Auf dem Postamt in der Agnesstaße gab's keine Postkarten. „Sind zur Zeit vergriffen. Dreißig Marken à vierundzwanzig?" „Nein!" Stolz und unfrankiert verließ ich das Gebäude. Doch an meinem Herzen fraß der Wurm. Der Vater Staat war ein Stiefvater. Brief-Marken statt Briefmarken! Mit der einen öffentlichen Hand hatte er uns eben enterbt, und mit der anderen zwang er uns zum Luxusdasein! War das edel? Es war nicht einmal sportlich. Womöglich war es geschäftstüchtig. Nun, zu tüchtig oder nicht tüchtig genug, – der Wurm am Herzen hatte sein Futter.

Vor dem Postamt in der Leopoldstraße war ein Menschenauflauf. Jemand rief: „Postkartenformulare, handgearbeitet, das Stück drei Pfennig!" Ich trat näher. Der Jemand hatte rote Haare. Es war Hartwig, der Maler. Das Geschäft ging glänzend. Bis ich mich zu ihm durchgearbeitet hatte, war er beinahe ausverkauft. „Den Rest für mich", sagte ich. Er blickte auf und lachte. „Feierabend, meine Herrschaften! Eingetragene Stammkunden werden bevorzugt bedient! Morgen mit neuer Ware am alten Platz!" Er begleitete mich ein Stück. Es waren noch elf

Karten. Die Linien für die Adressen hatte er mit dem Bleistift gezogen. Geld wollte er nicht annehmen. „Es ist schließlich ein Teil Ihres Skizzenblocks", meinte er. „Seien Sie kein Spätromantiker", sagte ich. Da nahm er das Geld.

Dienstag, 29. Juni 1948
Hartwig macht Schule, wenn auch noch nicht als Maler. Heute konnte man vor dem Postamt in der Agnesstraße ebenfalls Postkarten kaufen. Zum selben Preis. Bei einem blonden Jüngling. Er wirkte etwas schüchtern. Doch die Kunden schien das nicht weiter zu stören.

Vorm Postamt in der Leopoldstraße beobachtete ich dann Hartwig ein bißchen. Er hat bereits Routine und reißt Witze wie früher Seiferts Oskar auf dem Jahrmarkt. Als er mich bald darauf heimbegleitete, verkaufte er mir zehn „reservierte" Karten. „Sie haben Konkurrenz bekommen", sagte ich beiläufig. „Wo denn?" „Vor der Post auf der Agnesstraße." „Das ist keine Konkurrenz", meinte er, „das ist mein Kompagnon. Ein Freund von der Kunstakademie. Meine Frau besorgt den Einkauf. Das ist das schwierigste Kapitel. So billig wie bei Ihnen kriegt man die Blocks nicht alle Tage. Die Gewinnspanne ist minimal. Immerhin, man lebt. Nächsten Sonntag gibt's Nudelsuppe mit Huhn!" „Kochen Sie noch in dem Topf mit dem Loch?" fragte ich. Erst verstand er mich nicht, und dann wollte er mich nicht verstehen.

Als wir uns trennten, hielt ich ihn noch einen Augenblick zurück. „Was werden Sie anfangen, wenn's die

Postkarten wieder am Schalter zu kaufen gibt?" „Erstens", meinte er, „soll man nicht zu schwarz sehen. Das ist ein alter Fehler von Ihnen. Und zweitens tüfteln wir zu dritt an einer neuen Idee herum. Einfälle und Initiative, darauf kommt es jetzt an!" „Na also", sagte ich. Doch da lief er schon quer über die Straße.

Donnerstag, 1. Juli 1948
Es würde mich nicht wundern, wenn der Verkauf von Postkarten vor Postämtern, die keine Postkarten führen, streng verboten wäre. Für diesen Fall möchte ich der Wahrheit die Ehre geben und bekennen, daß die ganze Geschichte frei erfunden ist.

Für den anderen Fall – daß der Verkauf von Postkarten vor Postämtern, die keine Postkarten führen, statthaft ist – stelle ich den Einfall zur Verfügung. Ob dabei sonntags tatsächlich ein Huhn aus dem Topf herausschaut, weiß ich allerdings nicht und lehne, schon deshalb, jegliche Regreßpflicht aufs entschiedenste ab.

Karl Kraus

EINE NEUE FORM DER BANALITÄT

[Richard Dehmel in Hamburg unbekannt.] Man schreibt uns: Dieser Tage kam ein an den größten Lyriker des heutigen Deutschland in seine zweite Heimat Hamburg gerichteter Brief als unbestellbar zurück, weil die „genaue Adresse" fehlte. Das war vollständig an der Ordnung, denn, kann ein deutscher Postbeamter erwidern, wenn er aus dem Konversationslexikon festgestellt hat, wer der Adressat war, 1) ist bei allen Sendungen Straße und Hausnummer anzugeben, 2) ist es nicht Sache der Reichspost, ihre Beamten in moderner deutscher Literatur zu unterrichten, und 3) ist der Adressat Richard Dehmel überhaupt im Bestellbezirk Blankenese bei Hamburg, Kreis Pinneberg, Regierungsbezirk Schleswig, Königreich Preußen, postalisch zuständig. Und der deutsche Beamte würde mit allen drei Antworten so recht haben wie je ein deutscher Beamter. Aber ein Privatmann möchte an seine Mitprivatmenschen doch die bescheidene Gegenfrage stellen, ob sie wirklich glauben, daß etwa eine an August Strindberg nach Schweden dirigierte Sendung dem Absender wieder zurückgegeben würde, auch wenn noch nicht einmal der Wohnort des Adressaten angegeben wäre. Und der ist doch schließlich auch nur – Schriftsteller.

Der Gedankenstrich und der Gedanke ermöglichen mir nach meinem typographologischen Verfahren die vollständige Herstellung der zeitgenössischen Physiognomie, die hinter solcher Bitterkeit steckt. Es ist die Stellung des Idioten (Privatmanns) zum Staat. Die Intelligenz ist nicht mehr imstande, die Bestimmung des Dienst- und Schutzverbandes, den sie erschaffen hat, zu begreifen. Alle bureaukratische Unzulänglichkeit wird durch eine liberale Kritik, die der Individualität dort Rechte zuschanzen möchte, wo sie sie nicht hat, ins Recht gesetzt, und der Staat kann sich in die Polizeifaust lachen, wenn ihm die Intelligenz ihren Standpunkt klar macht. Nicht die Vorstellung allein, daß so ein Gebildeter der Frankfurter Zeitung sein Herz darüber ausschüttet, daß die Post einen Dichter nicht kennt, und daß er sich einbildet, er stehe deshalb dem Dichter näher als ein Briefträger, macht diese Art von Kurzsichtigkeit, die einen Zwicker trägt, zur wahren Staatsplage. Solche Individuen, die aus Reih und Glied einer Quantität treten und die in ihrem Umkreis angestaunt werden, wenn von ihnen eine Zuschrift gedruckt wurde, sind in der ihnen ausschließlich offenen Perspektive des sozialen Lebens nicht imstande, einen Fortschritt weit zu denken. Die Post erfüllt ihre Idee, den Boten zu ersetzen, durch Beschleunigung und Verbilligung. Nicht durch „Findigkeit", wie die Spaßmacher glauben. Dem Dienstmann, dem es überlassen bliebe, den Adressaten zu suchen, ehe er ihm die Botschaft übermitteln kann, müßte der Lohn erhöht werden. Der liberale Sinn betreibt nur scheinbar die Popularisierung der Betriebsmittel, in Wahrheit setzt er die Ausnahme für jeden Einzelfall voraus und, im luftleeren Raum denkend, nicht imstande, sich die Quantität vorzustellen, deren Begriff er allein sein Dasein verdankt, macht er immer den ganzen Apparat seiner dürftigen Individualität tributpflichtig und für jede Vernachlässigung verantwortlich. Antisoziale Scherzhaftigkeit hat das Lob der „findigen Post" aufgebracht, deren Spürsinn man die versteckteste Adresse zu apportieren aufgibt. Nur in Österreich, wo auch die Bureaukratie weniger dem Verkehrsinteresse als dem Streben nach falscher Persönlichkeit entgegenkommt, pflegt sich die Post aus solchem ihr auferlegten Zeitvertreib – Such's Herrl! – eine Ehre zu machen, und in diesem Staate mag es schon vorkommen, daß das „Mir san mir" als Adresse eines Briefes genügt, etwa noch ergänzt durch die Straßenbezeichnung „Eh scho wissen". Ein Prüfstein für die Findigkeit der Post ist auch das Porträt eines Dichters, das ein Scherzbold auf das Kuvert gezeichnet hat, und zur Freude aller Beteiligten, des bekannten Dichters, des lustigen Zeichners und der findigen Post wird, wenns gelungen ist, das „postalische Kuriosum" im Extrablatt abgebildet. Sie alle aber spüren nicht, daß Popularität, Humor und Findigkeit Beweise gegen das Milieu sind, in dem diese Eigenschaften wurzeln, und daß nichts sowohl gegen den Geist wie gegen die Post eines Landes mehr spricht als der Glaube, daß die Kultur von der Zustellbarkeit ungenügend adressierter Briefe abhängt und daß der Dichter es dort am besten hat, wo ihn die Briefträger kennen. Und zwar so, daß sie entweder schon wissen, wo er wohnt, oder wenigstens bereit sind, aus Hochachtung nachzuschlagen. Der Liberalismus stellt sich vor, daß die Wirkung, die ein Dichter auf seine Zeit ausübt, in der

Notorietät seiner Adresse zum Ausdruck kommt, und die Wirkung, die er auf die Nachwelt hat, in der Geläufigkeit seiner Biographie. Und der findigen Post ist es überlassen, das Nemo propheta in sua patria als hinreichende Adresse anzusehen, es wäre denn, daß hier der Vermerk am Platze ist: Adressat abgereist oder verstorben. Der Briefträger soll im kleinen Finger haben, was der besser bezahlte, weniger geplagte, aber dafür unnützere Literaturhistoriker nicht einmal ahnt. Wenn Herr Eduard Engel mich nicht kennt und ehe er mich plündert, mir eine falsch adressierte Karte schickt, auf der er mich bittet, mich plündern zu dürfen, so soll der Briefträger wissen, wem es zugedacht ist. Die Gebildeten, die sich gestern über die Kunst informiert haben, schütteln den Kopf über die „breiten Massen" – eine Vorstellung, auf der die Intelligenz zu sitzen scheint –, die immer ach so spät erst nachrücken. Die liberale Enttäuschung in solchen Fällen klingt mir wie der Seufzer, den Ebermanns „Athenerin" (deren Adresse heute festzustellen der findigsten Post nicht mehr gelingen dürfte) ausstößt, weil ein Mann aus dem Volke auf die Frage, ob er nicht wisse, wo Sokrates wohnt, sie mit der Gegenfrage, wer denn das sei, chokiert: „Wie wenig kennt das Volk doch seine Geister!" Besonders voraussetzungsvoll sind in diesem Punkte die Literaten, die sich ehedem eine Ankunft in Christiania schwer anders vorstellen konnten, als daß Ibsen und Björnson auf dem Perron stehen und sich erbötig machen, das Gepäck zu tragen. In einer Humoreske war einmal die Enttäuschung eines Berliners in Wien geschildert, der gleich nach der Ankunft seinen Wiener Begleiter angesichts jedes Herrn mit schwarzem Schnurrbart in die Rippen stieß und ausrief: „Nich wahr, aber dies ist doch Johann Strauß!“ Nur hatte der Autor nicht bedacht, daß diese Agnoszierungsversuche eines Berliners in Wien noch berechtigt sind, wo tatsächlich sechs Persönlichkeiten auf dem Opernring herumstehen und eine davon umso leichter Johann Strauß sein kann, als alle sechs davon durchdrungen sind, daß sie es sind. Aussichtsloser wäre die analoge Mühe, die sich ein Wiener auf dem Potsdamerplatz gäbe, und man hat ja gehört, daß bedeutende Wiener Feuilletonisten sich in Berlin nicht akklimatisieren konnten und eingingen, weil oft ein Jahr verstrich, bis sie auf der Sraße ein „djehre Herr Doktor!“ zu hören bekamen und weil es dann erst nur ein Wiener Operettenliebling war, der in Berlin ein Nachtlokal aufgemacht hat. Aber der Liberale aller Länder ist schmerzlich enttäuscht, wenn der Fortschritt nicht vor ihm Halt macht und wenn der Betrieb, den er für den letzten Zweck aller Schöpfung hält, es nicht speziell auf ihn abgesehen hat und nichts zu seiner Förderung auf Kosten aller anderen Passagiere beitragen will. Vor dem Autobus steht ihm die Bildung, und ein Bestandteil der Bildung ist ihm die Kunst. Er hat seinerzeit den Kopf geschüttelt, als ihm die Statistik verriet, wie wenig deutsche Soldaten wußten, wer Bismarck war, und die Hände gerungen, als er erfuhr, daß es mit der Popularität Goethes nicht besser bestellt sei. Er versteht nämlich nicht, daß geistige Werte auch in eine Zeit wirken können, welche die Schöpfer nicht einmal dem Namen nach kennt. Er weiß nicht, daß die Lebensform auch des literarisch Ungebildetsten von der Existenz Shakespeares irgendwie bedingt ist. In dieser Ahnungslosigkeit, mindestens jedoch in der Überschätzung unmittelbar übertragener Wahrheiten, also politischer Werte, wird er von den Dichtern selbst heute unterstützt. Der verrannte Betätigungsdrang der Ästheten, die jetzt einen Leitartikler für ein nützliches Mitglied der menschlichen Gesellschaft halten, kommt der schwachgeistigen liberalen Intelligenz sehr zu Hilfe. Was soll man noch gegen die Leute, die sich für Versammlungsheroen und für politische Megären begeistern, ernstlich einwenden, wenn ein Dichter Konventtöne kopiert und nicht allein deshalb für das romanische Leben schwärmt, weil dort die Kriegsschiffe „l'humanité" heißen, sondern weil sie zuweilen auch „Voltaire" heißen! Ich hingegen bin schon mißtrauisch gegen Kulturen, deren Briefträger die Namen ihrer Repräsentanten kennen und sich womöglich über eine genaue Adresse kränken, weil sie einen Zweifel an ihrer Bildung bedeuten könnte. Ich argwohne, daß die Post dort, wo sie Dichter ohne Straßenbezeichnung findet, vollständig adressierte Briefe überhaupt nicht zustellt. Es scheint mir für eine gut organisierte Post zu sprechen, wenn sie in Hamburg nicht weiß, wo Richard Dehmel in Blankenese wohnt. Vielleicht hat ein Briefträger, der diesen Dichter nicht persönlich kennt, auch mehr literarisches Urteil als ein Schmock, der ihn für den größten deutschen Lyriker hält. Aber hier stehen andere Qualitäten in Frage; ich will zur

Ehre der schwedischen Post annehmen, daß sie die an Strindberg gelangenden Briefe nicht bloß deshalb zustellt, weil er der Strindberg ist, sondern weil seine Adresse genau angegeben war, und für meine Person muß ich gestehen, daß ich zufrieden wäre, wenn mir die Wiener Post auch den größeren Teil der richtig adressierten Briefe nicht zustellte, und daß ich über die Popularität untröstlich bin, die sich darin zu erkennen gibt, daß ein Briefträger, der nur meinen Namen ohne Straße und Hausnummer vor sich hat, „Fakl" davorschreibt. Wenn man sich sagt, daß neun Zehntel der Korrespondenzen, mit denen diese armen Teufel an einem Wiener Tage tausend Stock hoch laufen müssen, der gröbste Unfug sind, der mit Papier und Tinte seit deren Erfindung getrieben wurde; wenn man das schamlose Überhandnehmen der Geschäftsreklamen, Wohltätigkeitslose, Wahlaufrufe, Künstlerhausfirnistageinladungen bedenkt und all des Mistes, der nicht nur gedruckt, sondern auch zugestellt wird, so gelangt man unschwer zu einem Punkt sozialer Einsicht, wo man nicht extra noch der Bildung des Briefträgers zumutet, was seine Lunge nicht mehr leisten kann. Dem intelligenten Esel, dem die soziale Einsicht immer nur so weit imponiert, als sie eine Phrase ist, und dessen Phantasiearmut beim Nebenmenschen immer just den Kulturgrad voraussetzt, an den er selbst sich gestern erst anschmarotzt hat, wird es nie begreiflich zu machen sein, daß die Kultur von der Überschreitung der Pflichtkreise nicht fett, sondern mager wird. Er wird es nie verstehen, daß die Leistung eines Organs über seine

Funktionspflicht hinaus nicht eine Errungenschaft der Bildung, sondern eine Anmaßung ist, die im gegebenen Fall zugleich eine lästige Intimität und eine wertlose Popularität beweist, und daß ein unbestellbarer Brief mehr für die Rücksichtslosigkeit des Absenders spricht als für die Zurücksetzung des Adressaten im Vaterlande. Man muß die fortschrittliche Visage, die solchen Vorfall begrinst, an der Geringfügigkeit ihrer Sorgen feststellen; denn man muß sie feststellen, wo immer man sie findet. Es gibt ärgere Versäumnisse als ein Versäumnis der Post, und gewiß auch größere Tatsachen als eine Zeitungsbeschwerde. Aber die großen Ereignisse verdecken zu leicht das Antlitz der Zeit. Wenn's am lautesten zugeht, ist es am schwertsten zu bestimmen, wo's am dümmsten ist. Erst wenn die Zeitungen Platz haben, isolieren sich die Vorkämpfer der Banalität und man erkennt die Typen, mit deren Dasein sich abzufinden nur dem geborenen Selbstmörder gelingt.

Gottfried Benn

DAS ELEND

Lassen Sie mich schildern, welche Beobachtungen sich mir, einem Zugehörigen eines Postamts des Südwestens, Arzt, Privatmann mit einem keineswegs besonderen postalischen Verkehr, in meinen Beziehungen zu dieser Behörde im Zeitraum der letzten zehn Monate aufgedrängt haben.

Ich beginne mit der Schilderung des allgemeinen, des moralischen Fluidums, der Thurn-und-Taxis-Atmosphäre im Sinne der Taineschen Milieubedingungen. Innerhalb dieses Milieus verschwand im Dezember ein von mir aufgegebener gewöhnlicher Brief mit 35 Mark Inhalt, im März ein eingeschriebener Brief mit 140 Mark, im Juli gelangte ein Brief mit 200 Mark nicht in meinen Besitz. Demgegenüber erhielt ich Anfang des Jahres einen eingeschriebenen Brief, der gar nicht an mich adressiert war und für den ich auch keine Quittung zu leisten hatte, er lag unauffällig zwischen meiner übrigen Post, er wurde auch keineswegs in grober Form von mir zurückverlangt oder gar bei mir gesucht, ich selber machte das Amt auf den Mißgriff aufmerksam und sandte den Brief zurück. Anders in einem zweiten Fall, wo ich eine Nachnahmesendung als Drucksache zugestellt erhalten hatte, hier mußte die absendende Firma nach einigen Wochen reklamierend eingreifen, ich selbst hatte meine bisherigen postalischen Erfahrungen an diese Sendung nicht herangetragen und den Irrtum nicht bemerkt.

Aber, kann man sagen, das sind Briefe, Beziehungsprozesse von Zeitdauer, protrahierte Äußerungen, Postkastenderivate, die vielleicht kein besonderes Augenmerk der Behörde zu beanspruchen ein Recht haben, auch betrug mein Verlust, da ich für den eingeschriebenen Brief 40 Mark ersetzt erhielt, aus den bisher geschilderten Abgängen in diesen zehn Monaten nur 335 Mark. Aber jeder weiß, daß Telegramme beschleunigte Äußerungen sind, von gewisser Wichtigkeit, gefühlsbetont, und hauptsächlich in dringenden Fällen angewandt. So verscholl im April ein vom Ausland an mich gerichtetes Telegramm, allerdings muß es ungefähr am Sonntag nachmittag in Berlin eingegangen sein und es kann als harmlose fiskalische Ruhestörung kurz abgetan werden. Das Schicksal eines anderen Telegrammes aber ist es, das mich zu weitschichtigen Betrachtungen führt.

Ich sandte ein Telegramm, richtig adressiert und mit richtigem Absender versehen, in einen Ort der Provinz Brandenburg des Inhalts, daß ich zwei Tage später ein Kind, das zwar allein reisen, aber noch nicht allein umsteigen konnte, auf einem bestimmten, etwa drei Stunden von Berlin entfernten Bahnhof in Empfang nehmen wollte. Der Beamte des Postamts hatte mir in ruhiger und gehaltvoller Weise das in seinem Inhalt völlig geordnete Telegramm abgenommen, ich machte Reisepläne, meine Bekannten hatten zwei Tage Zeit, die Vorbereitungen zu treffen, ich verließ das Postamt ohne Zwischenfall, es war eine gemütliche Atmosphäre.

Der Ort, in den die Depesche gehen sollte, war mir wohlbekannt, der Ort war ein Dorf, das Dorf hatte eine Posthilfsstelle, die Posthilfsstelle gehörte zum Gasthof, im Gasthof geht man aus und ein, zum Gasthof gehörte eine Landwirtschaft, zu der Landwirtschaft Pferd und Wagen – Knechte, Hausangestellte, Mann, Frau und Kinder bildeten die Posthilfsstelle, kurz, man durfte die Betrachtung wagen, daß die Behörde ein feines Organ dafür gezeigt hatte, wo diese Filiale, die Repräsentantin des internationalen Verkehrs, den letzten Ausläufer ihrer weitverzweigten Organisation oder – nach innen gewendet – der kosmopolitischen Idee glaubte installieren zu dürfen.

Mit diesen Empfindungen bestieg ich am fraglichen Tag den Zug. Ich ließ das Häusermeer hinter mir, die Metropole, von der aus die Zentralbehörden weitschauend das Reich regierten, blieb zurück, die Landschaft glitt vorbei, der Umsteigebahnhof war da, meine Erwartung gespannt, der Gegenzug lief ein, aber das Kind war nicht zu sehen, war es zu früh ausgestiegen, verunglückt, plötzlich erkrankt, gar nicht abgereist, in unrechte Hände gefallen, irrte es irgendwo hilflos umher – eine Fülle von Möglichkeiten, tausend Gründe zu Befürchtungen lagen vor, eine Besorgnis bis zum Grade der Unruhe stieg in mir auf, aber es war sechs Uhr abends, da ist für Befürchtungen nicht mehr die Zeit, die Posthilfsstelle hat Feierabend gemacht, keine Möglichkeit, das Dorf auf telegraphischem oder telephonischem Wege zu erreichen, ich mußte zurück, es war der letzte Zug, wieder näherte ich mich der Metropole, die Nacht verging und als ich in der Morgenfrühe von 8 Uhr mit dringendem Telefongespräch die Hilfsstelle weckte und meinen Bekannten an den Apparat rufen ließ, wurde bemerkt, daß das Telegramm noch auf der Hilfsstelle lag, vergessen, verbummelt, nun es war September, die Obsternte in voller Blüte, auch das Kartoffelbuddeln fing an, auf dem Lande kann so etwas schon passieren.

Ich teilte meinem Postamt den Sachverhalt mit, dazu die verantwortliche Äußerung meines Bekannten, daß das Telegramm auf der Hilfsstelle liegengeblieben war, ich bat um Erstattung der Unkosten und Reisespesen und fuhr zum zweitenmal die Strecke zum Umsteigebahnhof.

Wochen vergingen. Der Herbst rückte weiter vor, aber es drückte mich nicht nieder, ich dachte meine Sache in guten Händen, Recht muß ja Recht bleiben, und in der Tat, der Bescheid der Postbehörde blieb dann auch nicht aus. Frau Palchow, die Inhaberin der Hilfsstelle, war erkrankt. Sie hattegerade noch das Telegramm entgegennehmen können, sagt sie selber, aber dann sei sie erkrankt, sagt sie selber, gerade erst als mein Telefongespräch am Morgen ankam, war sie wieder so weit hergestellt, das Telegramm weiterleiten zu können, sagt sie selber. Frau Palchow ist eine bedürfnisumkleidete Persönlichkeit, auf ihr beruht das Postsystem, erkrankt sie, ist das Dorf von 700 Einwohnern stillgelegt und das System unterbrochen, im andern Falle hätte man an ein ärztliches Attest denken können zur Stützung ihrer postalischen Erwiderung, aber es handelt sich ja nur um Behörde gegenüber Publikum, sie war eben erkrankt, eine jähe überaus plötzliche Erkrankung, geradezu überfallartig, eine Art Einbruch von körperlichem Verhängnis, mein Pech, daß es nicht bei ihr zum Äußersten kam, dann hätte sie bestimmt den Geistlichen des Orts holen lassen und an den war das Telegramm gerichtet, er hätte es dann vielleicht gefunden, wenn er den Abendmahlskelch auf der Kommode niedersetzte.

Widerspruchsvolle Zeit! Man erreicht in anderthalb Tag den Nordpol, zieht den Kompaß, futtert eine Büchse Albertkeks und fliegt zurück. Aber innerhalb Deutschlands gibt es die weitesten Bezirke, die man mit keinem Mittel der Welt von abends 6 Uhr bis morgens 8 Uhr erreichen kann, da die Post dafür eintritt, daß Frau Palchow die Abendstunden bei ihrer Familie verlebt – sonderbarer Zwiespalt in der technischen Hoch- und Großepoche, man kabelt bei Tag und Nacht in fünf Stunden nach Buenos Aires, und der Taucher am Grund des Meeresbodens stellt die Welle ein für das Radioprogramm der internationalen Zentren, aber die Post stellt sich schützend um das Lager von Frau Palchow, sie ist erkrankt, ruckartig, kolossale Halsentzündung wahrscheinlich, Migräne, jedenfalls anfallsartig indisponiert, Mann, Kinder, Hausangestellte, Knechte, Mägde stehen herum und machen Handreichungen, wer denkt da an ein Telegramm, wer kann da überhaupt an ein Telegramm denken, ist ja aber auch absolut nicht nötig, es kostet ja niemandes Geld, es kostet ja nur mein Geld, ich reise, ich lasse die Landschaft an mir vorübergleiten, ich erlebe Umsteigebahnhöfe, Verfehlungen, letzte Züge, Unruhe und tiefe Nacht, Katastrophen und Zerrüttungen.

Doch Ehre, wem Ehre gebührt! Die Post ist bereit – so fährt das Schreiben fort – mir auf Antrag meine Telegrammspesen zu ersetzen. Welche Behörde! Welche pompöse, großzügige, in einfacher Form anscheinend über größte Hilfsquellen verfügende, durchorganisierte, hochstilisierte postalische Behörde! Frau Palchow streift die Beamtin, aber das spielt keine Rolle; ich bin ein einfacher Absender von Telegrammen, ein armseliger Aufgeber von Depeschen, der sein Porto nach der Gebührenordnung bereinigt, nicht allein, daß ich das Gebäude betreten und in einem öffentlichen Raum mein Wesen treiben, ein Formular erbitten, Wärme, Schutz gegen Lufthauch, Ratschläge über Markenverhältnisse an den Wänden, selbst Überseeverkehr hinnehmen darf, – nein, die Post ist bereit, mir die Spesen für das Telegramm zu ersetzen, das durch die Krankheit von Frau Palchow in ein schiefes Licht gerückt war, kein Wort darüber, daß mein Telegramm gerade in dem Augenblick eintraf, wo Frau Palchow doch gewiß schon ein gewisses Schwächegefühl, eine Art Vorahnung, ein sogenanntes Prodromalstadium ihrer ruckartig einsetzenden Krankheit spüren mußte, nur kurz der Hinweis, daß mir auf Antrag die Spesen ersetzt werden dürfen.

Vergleichen Sie diesen Entscheid der Post, diesen rüden und zynischen Entscheid ohne Unterlagen oder eine auch nur halbwegs stichhaltige Begründung mit den gesetzlich festgelegten Pflichten der Rechenschaft, zu denen eine Zivilperson oder eine Privatfirma ihrem Kunden gegenüber angehalten ist, vergleichen Sie die Verantwortlichkeitsbreite eines Privatangestellten, wenn durch seine direkte persönliche Schuld ein Kunde Schaden erleidet, mit der vollkommen unfundierten Ausrede der Frau Palchow, die die Behörde zu der ihren macht, überlegen Sie sich dann bitte einen Augenblick die Sache selbst: hat eine Behörde die zur Sicherung ihres Betriebes notwendigen Vorkehrungen getroffen, wenn infolge einer Erkrankung einer Hilfsbeamtin ein Dorf von 700 Einwohnern für zwei Tage von jedem telegraphischen Verkehr abgeschnitten bleibt oder ist nicht gerade das Gegenteil der Fall – und dann vergegenwärtigen Sie sich einen Augenblick auf dem Hintergrund dieses speziellen Falles die ewigen chronischen kontinuierlichen unterbrechungslosen Vorstöße der Beamten um Aufbesserung ihrer Bezüge, wenn man die Zeitung aufmacht, als ob es gar nichts anderes gäbe, Ausschüsse hinten und vorn, Deputationen von Pontius bis Pilatus: sie, die einen Kampf ums Dasein überhaupt nicht kennen, die vier bis sechs Wochen Urlaub bekommen, krank sein können fünf Tage ohne Attest und beliebig lang mit Attest, die Beihilfe bekommen für Umzug, Operationen, Todesfälle, die Vergünstigungen genießen mit Hilfe von Konsum- und Genossenschaftsvereinen, die vormittags oder nachmittags vom Dienst fortbleiben können: kleine Rücksprache mit dem Vorgesetzten oder auch nur Telefonanruf genügend – sie, die das Ansehen und die Macht haben und eine solide

Pension für das Alter – –.

Und dann sehen Sie uns an: mich, Sie, Ärzte, Künstler, Kaufleute, durch keine Organisation, durch keinen Eintritt in eine Karriere automatisch gegen die Zynismen des Lebens geschützt, kümmerlich und mit hohen Kosten versichert gegen Unfall und Lebensende. Kampf ohne Aufatmen und ohne Urlaub vom Monatsersten bis zum nächsten Monatsersten, die Ellenbogen schonungslos in Tätigkeit bei Tage und bei Nacht –.

Sehen Sie Frau Palchow in ihrem Gasthof, Landwirtschaft, Posthilfsstelle mit Knecht, Magd, Vieh, welche Behäbigkeit, von der Post geschützt, um mir das Geld aus der Tasche zu ziehen, sehen Sie den Beamten des Postamts, der mir diese fadenscheinige, haltlose, vollkommen läppische Entscheidung unter die Nase hält, die mir neue Schreibarbeit, Eingaben, Berichte, Portos, aber nicht mein Geld wiedergibt –.

Was sind wir für ein dreckiges Publikum, direkt Mükken, Fabrikware, was sind das für Behörden, die sich erlauben dürfen, mit uns ein solches Schindluder zu treiben – aber glauben Sie, daß sich das ändern wird durch noch soviel Eingaben, Stoßseufzer, Beschwerden, Feuilletons oder Zivilverfolgungen – keineswegs! – Sie werden weiter Ihren durch die Speisereste Ihres Vorgängers beschmutzten Telefonhörer gebrauchen, und ich werde weiter infolge verluderter Telegramme zwecklose Reisen machen müssen, um mit dem letzten Zug, Unruhe im Herzen, in die Metropole zurückzukehren, von der aus die Zentralbehörden scharfblickend das weite Reich regieren.

Kurt Tucholsky

DER TRAUM – EIN LEBEN

Szenen aus einer Revue von Alfred Polgar
und Theobald Tiger

1. Vor dem Schalter

Der Schalterraum eines Postamts. Querschnitt: man sieht zugleich vor und hinter den Schalter. Hinter dem Schalter ein Postbeamter in einer Jacke, die vorn etwas offen steht. Der Beamte ist unhöflich, barsch, kalt, ja nicht übertrieben. Eher gemessen unfreundlich und ungefällig. Vor dem Schalter ein kleines Mädchen, das sich auf die Zehenspitzen stellt, um heraufzulangen, danach ein Mann, danach Pallenberg, der ungeduldig von einem Fuß auf den andern tritt, hinter ihm eine Frau.

Das kleine Mädchen (weinerlich und monoton): Zwei Zehnpfennig zu fünf –

Der Beamte: Was heißt denn das?

Das kl. Mädchen: Zwei Zehnpfennigmarken zu fünf –

Der Beamte: Das gibts nicht!

Kl. Mädchen: Aber Mama hat gesagt – –

Der Mann: Vielleicht hast du dich verhört?

Kl. Mädchen: Nein. Zwei Zehnpfennigmarken zu fünf.

Pallenberg: Geht das da vorn endlich weiter! Darf ich den Herrschaften vielleicht einen Stuhl anbieten! Ich habe später noch zu telegrafieren, das Telegramm ist eilig!

Die Frau: Mein Gott!

Der Beamte: Der nächste.

Der Mann: Na, warten Sie doch mal! Das kleine Mädchen – –

Der Beamte: Das geht Sie gar nichts an! Was wünschen Sie – und fertig!

Das kl. Mädchen: Zwei Zehnpfennigmarken zu fünf!

Pallenberg: Ich habe Eile, weil ich ein eiliger Geschäftsmann bin! Wir Geschäftsleute in Berlin sind eilig. Erst warten wir drei Monate, und am letzten Tag schicken wir ein Telegramm! Wird das da vorn! – –

Der Mann: Sie könnten aber wenigstens die kleinen Kinder hier höflich behandeln! Dieses kleine Mädchen – –

Kl. Mädchen: Zwei Zehnpfennigmarken zu – –

Pallenberg: Natürlich! Bravo! Man kann doch hier wenigstens die kleinen Kinder! Kleine Kinder gehören nicht auf eine Post! Der Mann hat ganz recht. Worum handelt es sich? (Zur Frau hinter ihm): Treten Sie mir nicht immer auf die Hacken.

Die Frau: Ich trete Sie nicht.

(Jetzt alle zusammen:)

Der Beamte: Sie habe ich nicht gefragt – und fertig!

Das kl. Mädchen: Zwei Zehnpfennigmarken – –

Der Mann: Man sollte doch wenigstens die kleinen Kinder –!

Pallenberg: Bravo! Ich bin eilig! Wird das da vorn! Treten Sie mir nicht auf die Hacken!

Die Frau: Mein Gott!

(Kleines Mädchen weinend ab. Es stellt sich hinten noch ein stattlicher Mann auf.)

Der Mann (am Schalter, wird abgefertigt –): Stille.

Pallenberg: Vergeht er sich wieder an kleinen Kindern? Ich werde ihm das beibringen! *(ran an den Schalter):* Zwei Fünfpfennigmarken zu zehn!

Der Beamte: Was … ah … dra …

Pallenberg: Und eine Postanweisung, drei Telegrammformulare und das Beschwerdebuch!

Beamter: Also erst mal die Marken. Also was für Marken?

Pallenberg: Zwei zu fünf und fünf zu zwei und dreiunddreißig zu dreiunddreißig!

Beamter: Dreißig – 65 … 75 … und fertig. Noch?

Pallenberg: Zunächst mal diese Postanweisung.

Beamter: Wollen Sie das Bestellgeld bezahlen?

Pallenberg: Wenn ich nicht muß, nein.

Beamter: Müssen nicht. Können.

Pallenberg: Können. Dann will ich. Ja, ich bezahle.

Beamter: Also dann fehlt: Bestellgeld bezahlt.

Pallenberg: Ja, also wenns fehlt: da schreiben Sies doch rauf.

Beamter: Das ist nicht meine Sache.

Pallenberg: Natürlich – ist das ihre Sache!

Beamter: Das ist nicht meine Sache. Sie haben die aufzuliefernden Postsachen auflieferungsfertig abzuliefern.

Pallenberg: Natürlich müssen Sie das raufschreiben!

Der Beamte: Nein.

Pallenberg (tobend): Nein? Nein? Ist das Publikum

vielleicht in Ihren Augen ein Reiskörnchen? Ich werde Ihnen schon zeigen, wegen Reiskörnchen! Ich stehe hier als Publikum, und wenn ich hier als Publikum stehe – dann haben Sie –

Beamter: Gar nichts – und fertig.

Pallenberg: Aber, lieber Herr, Sie können das doch grade so gut drauf schreiben wie ich! Ich bin eilig, – aber es ist ein Prinzip. Es handelt sich um mein Prinzip!

Der Stattliche: Unerhört! Mal los da vorn!

Pallenberg: Was haben Sie denn dareinzureden! Sie stänkern, wenn Sie dran sind! Eher nicht!

Der Stattliche: Halten Sie Ihren Schnabel!

Pallenberg: Selber! Herr! Selber!

Der Stattliche: Lümmel!

Pallenberg: Ochse!

Stattlicher: Wahrscheinlich auch so eine Art Bolschewist!

Pallenberg: Man müßte diesen Brüdern mal geben – *(in den Schalter):* Nun schreiben Sie das doch rauf, ich bin eilig! *(Zu dem Stattlichen):* Wo waren Sie denn überhaupt im Kriege, Herr?

Stattlicher: Wahrscheinlich tiefer in Feindesland, als Sie, Herr! Frechheit!

Pallenberg: Ausverschämtheit!

Die Frau (von vorn und hinten bedrängt): Mein Gott!

Pallenberg: Also nun schreiben Sie mir das rauf – Bestellgeld – mit nem großen B – Lieber Freund, sind Sie doch vernünftig – da hinten ist kein Federhalter. Und der da ist, der schreibt nicht. Und ich habe Gicht in den Füßen – ich kann überhaupt nicht schreiben!

Der Beamte: Ich bin nicht zu derartigen Schreibarbeiten verpflichtet. Und fertig.

Pallenberg: Das ist doch – um einem andern in die Haut zu fahren! *(dreht sich zu der Frau um):* Sie meine ich nicht!

Die Frau: Mein Gott!

Pallenberg: Mein Gott! Mein Gott! *(In den Schalter):* Sie schreiben das nicht herauf? *(Nach hinten):* mein Gott! Wer ist hier mein Gott! Wir sind hier auf der Post! *(In den Schalter):* Sie schreiben das also nicht drauf?

Beamter: Nein. Und fertig.

Pallenberg: Und wenn ich soll bis zum Kaiser gehn! Und wenn ich soll bis zu Kaisers Stellvertreter gehn – treten Sie mir doch nicht immer auf die Hacken! – wie sich das Publikum hier gebärdigt! Das werden wir ja sehen, ob Sie hier das heraufschreiben – es ist doch nur eine Gefälligkeit – ich als Geschäftsmann –

Der Stattliche: Ich als Mitglied des Allgemeinen deutschen Reichsbundes zur *(er bekommt einen Hustenanfall)* muß dagegen protestieren!

Die Frau: Ich als Mutter – meine Kinder warten allein zu Haus!

Pallenberg: Ich als Geschäftsmann – als eiliger Geschäftsmann! *(In den Schalter):* Soviel ich weiß, ist da ein Erlaß herausgelassen worden, wegen der Höflichkeit der Beamten – Gottverdammtnichtnochmal!

Beamter: Das geht Sie gar nichts an! – und fertig.

Pallenberg: Das geht mich gar nichts an? Das geht mich gar nichts an? Wie sitzen Sie überhaupt da? Vorn ist

Ihre Jacke auf? So halbnackt kommen Sie zum Dienst? Und ich sage Ihnen – *(Schalter zu)* Ahaa! Jetzt frühstückt er! Hören Sie ihn frühstücken? Es ist unerhört! Er schmatzt. Mir hat der Arzt jede Aufregung ärztlicherseits verboten!

Ich bin Krankenkassenempfänger! Ich verklage die Postverwaltung, sie kann mich … *(Schalter auf).*

Beamter: Nun?

Pallenberg: Nicht davon überzeugen, daß es so weitergehen muß.

(Schalter zu.) Es muß nicht. *(Schalter auf.)* Schreiben Sie das hinauf, herauf? hinauf?

Beamter: Ich bin nicht dazu verpflichtet. Und wozu ich nicht verpflichtet bin, dazu bin ich nicht verpflichtet. Ich bin hier im Dienst.

Pallenberg: Dann schreiben Sie es nicht herauf! Dann schreib ichs selber! Aber das werden Sie sehen! Ich inseriere in die Zeitung! Mitten hinein! Ich kenn Viktor Hahn persönlich! Sie werden sich wiederfinden, so dick und so fett und auf der ersten Seite! Das sag ich Ihnen – Gehm Se her – die Postanweisung – Sie!

Der Stattliche: Skandal!

Der Beamte: Hier – und fertig.

Die Frau (wird am Schalter abgefertigt).

Pallenberg (sinkt total erschöpft auf eine Bank, wischt sich den Schweiß von der Stirn): Uff! Das ist ja kaum glaublich! Diese Nervensubstanz, die dabei draufgeht! Damit kann man zwei Familien gründen! *(Zu dem Stattlichen, giftig):* Na, sind Sie nun zufrieden – ?

Der Stattliche (antwortet gar nicht).

Pallenberg: Da sieht mans. Das Publikum auf der Post – ist die Post eigentlich der Post wegen oder das Publikum des Publikums wegen da? Das frage ich mich. Ich bin so müde – dieses lange Stehen – und der weite Weg in der Hitze – das Publikum sollte anständig und mit Milde behandelt werden – höflich, weltmännisch wie in andern Ländern, zum Beispiel in Postugal – wenn ich Beamter wäre – wenn ich Postbeamter wäre – – *(er schläft ein).*

(Dunkel. Sanfte Musik.)

Dann:

2. Hinter dem Schalter

Hinter dem Schalter Pallenberg als Postbeamter; die Jacke nur übergehängt, vorn steht das Hemd auf, ein Mützchen tief im Nacken, der Schalter ist heruntergelassen; von innen ist noch eine Fußbank dagegen gelehnt. Vor sich hat Pallenberg Teller und Kaffeekanne und Tassen und Obstschale. Frißt. Vor dem Schalter dieselben Leute wie vorher, darunter jetzt der Postbeamte, in Zivil. Schalter auf.

Pallenberg: Hm?

Kl. Mädchen: Zwei Zehnpfennigmarken zu fünf – *(Rrums, Schalter zu. Schalter wieder auf.)* – Zwei Zehnpfennigmarken zu fünf.

Pallenberg: Schämst du dich nicht? Ja, schämst du dich denn nicht? Wie alt bist du?

Kl. Mädchen: Neun Jahre.

Pallenberg: Und da schwätzest du hier einen solchen Unfug? In einer Behörde? Marsch nach Hause und störe hier nicht den Dienst! Unerhört! *(Schalter zu. Kl. Mädchen ab.)*

Der Mann: Z! z! z! Man könnte doch wenigstens die kleinen Kinder hier anständig behandeln –– *(Schalter auf).*

Pallenberg: Was geht das Sie an? Das geht Sie gar nichts an! Ich bin hier im Dienst! und fertig! Wenn ich im Dienst bin, bin ich ein Viech, und ich bin immer im Dienst! Was wollen Sie?

Der Mann: Vor allen Dingen: sprechen Sie mit mir mal anständig!

Pallenberg: Ich spreche anständig mit Ihnen, Herr! Ich spreche sogar viel zu anständig! Viel zu anständig für so eine große Post! Da sollten Sie mal meine Kollegen hören – und fertig.

Der Mann: Also – zwei Nachversicherungsstempelabführungsdienstlösemarkenwertzeichen! *(Bleibt, abgefertigt, noch am Schreibpult stehen und schreibt.)*

Der Postmensch (nunmehr in Zivil): Hier – diese Postanweisung!

Pallenberg (gibt sie lautlos zurück).

Postmensch: Was soll das heißen?

Pallenberg: Fehlt.

Post: Fehlt? Wer?

Pallenberg: Fehlt was.

Post: Ja, was fehlt denn zum Donnerwetter!

Pallenberg: Herr! Fluchen Sie hier nicht!

Postmensch: Also, was fehlt?

Pallenberg: Da fehlt: Bestellgeld bezahlt!

Postmensch: Ja, also wenns fehlt, da schreiben Sies doch bitte rauf!

Pallenberg: Was? Ich? Ich soll das raufschreiben! Für was halten Sie mich? Bin ich ein Briefsteller? Bin ich ein Schriftsteller? Ich bin Beamter, Herr! Ich bin im Dienst! Dienstlicher Beamter! Merken Sie sich das! *(Schalter zu.)*

Postmensch (zu den anderen): Ist Ihnen schon sowas mal vorgekommen?

Die Frau: Unerhört!

Der Stattliche: Der Beamte ist völlig in seinem Recht! Ordnung muß sein.

Der Mann: Nein! Der Herr hat durchaus recht – die Beamten sind heutzutage derart unhöflich …

Der Stattliche: Diese Indisziplin der Novembertage hört nun auf.

Pallenberg (fressend, hinter dem Schalter): Bravo!

Der Mann: Kein Wunder – heutzutage, wo die Reaktionäre wieder am Ruder sind – man müßte da mal –

Der Stattliche: Was müßte man! Was müßte man! Verteidigen Sie etwa die Haltung der Kommunisten beim letzten Etat? Natürlich – aber wenns nachher an die Pflichten gegenüber dem Staat geht – Sie sind wahrscheinlich auch so einer – !

Der Mann: Das wird mal eines Tages noch ganz anders kommen! Da werdt ihr ja sehen *(Pallenberg frühstückt derweilen, liest die Zeitung, zieht sich den Schnurrbart),* ihr wert ja sehen – aber sie wern euch schon kriegen …

Der Stattliche: Der Damm der Ordnung muß eben wieder aufgerichtet werden –

Der Postmensch (der ja immerhin die Hauptperson ist, hilflos): Aber, meine Herren – –

Die beiden andern (fortissimo): Halten Sie Ihren Mund! *(Zugleich)*: Der gute alte Preußengeist – der Mut der Massen – unser ehrliches deutsches Kaiserreich – Umsturz der ausgebeuteten Proletarier –

Der Stattliche: Jeder muß heutzutage Opfer bringen! *(Schalter auf.)*

Der Postmensch: Bitte, ich habe keinen Federhalter – könnten Sie nicht, es sind doch nur diese zwei Worte –

Pallenberg (Schalter zu. Frißt weiter).

Der Postmensch: Da solln sie sich aber nicht wundern, wenn hier mal Rußland Ordnung reinbringt. Ich bin gewiß kaisertreu –

Der Stattliche: Unerhört! *(Schalter auf.)*

Der Mann: Bravo!

Der Stattliche: Skandal!

Der Mann: So kommt ihr nicht hoch! So nicht!

Der Stattliche: Hoch!

Der Mann: Nieder! *(Schalter zu.)*

Pallenberg (Schalter auf): Hm?

Postmensch: Ach, machen Sie mir doch keine Geschichten – Schwierigkeiten …

Pallenberg: Geschichten? Schwierigkeiten? Ich wer Ihnen

mal was sagen, wer ich Ihnen mal was. Ist die Post vielleicht Ihretwegen oder unsertwegen da, oder sind wir der Post wegen da oder sind Sie des Publikums wegen da? Aha! Dies ist hier eine Dienstbehörde – verstehen Sie mich – wenn Sie Gefälligkeiten haben wollen, da gehn Sie zur Deutschen Demokratischen Partei, die ist aller Welt gefällig – vielleicht –

Der Postmensch: Ich werde mich beschweren!

Pallenberg: Ha! Haa! Er wird sich beschweren. Ich sitze hier auf meiner Pensionsberechtigung – und worauf Sie sitzen, Herr, das ist noch gar nicht raus! Haben Sie sich schon mal über einen preußischen Beamten beschwert? Das tun Sie man! Da werden zwei befördert: erst der Beamte und dann Sie die Treppe runter!

Der Postmensch: Ich werde mich mit der Presse in Verbindung setzen!

Pallenberg: Lieber Herr, was in der Zeitung drin steht, das is ja so egal! Was nicht drin steht – das ist der Witz! *(Schalter zu.)* Das Publikum ist nicht reif für den Verkehr mit den Behörden …

Der Postmensch: Überhaupt sollte man diese Schalter abschaffen! Davon kommt der ganze Betrieb!

Der Stattliche: Lächerlich!

Der Mann: Bravo!

Die Frau: Meine Kinder brennen an!

Pallenberg: Was hören meine dienstlichen Ohren? Schalter abschaffen? Ja, weiß denn dieser Zivilist nicht, was ein Schalter ist? *(Streichelt den Schalter.)* Der Schalter ist die Grenze zwischen Behörde und Publikum. Wir schaltern wie wir wollen – . Das könnte dem Publikum so passen, daß es hier hintergucken könnte, in alle Dienstgeheimnisse *(eine Tasse fällt um)*. Wer das Pech hat, als Publikum auf die Welt zu kommen – dem ist nicht zu helfen.

Die Frau: Ja, ich kann hier nicht länger warten! *(ab)*

Pallenberg: Ein ehrlicher Deutscher ist Beamter und nicht Mensch – Mensch ist jeder. Vor einem Schalter stehen: das ist das deutsche Schicksal. Hinter dem Schalter sitzen: das ist das deutsche Ideal. Dafür ist der Schalter da! Dieser Ärger – dieser aufreibende Dienst – die Verantwortung – *(er schläft ein)*.

Dunkel. Sanfte Musik. Dieselbe Szene wie anfangs. Pallenberg schlummernd auf der Bank im Schaltervorraum. Leute vor dem Schalter; darunter das kleine Mädchen.

3. Vor dem Schalter

Pallenberg (aufschreckend): Wa … was … wo bin ich? Ah – ich habe hier die Bank entlanggeschlafen – *(sein Taschentuch fällt herunter)*.

Das kleine Mädchen (hebts ihm auf): Bitte. Was hast du denn, Onkel? Du machst ja so ein dummes Gesicht? Was war das – ?

Pallenberg: Das war ein deutscher Traum.

Kurt Tucholsky

WO HÄNGEN UNSERE BRIEFKÄSTEN – ?

Der Plan, der zweifellos in irgendeiner Diensstelle des Reichspostministeriums existiert und auf dem die Briefkästen der Stadt eingezeichnet sind, muß ein merkwürdiges Mosaik ergeben. Gehst du geschäftswandelnd (denn lustwandend, das gibt es in Berlin nicht) – gehst du durch die Stadt und achtest einmal darauf, wo so die Briefkästen angebracht sind, dann wirst du etwas Eigentümliches sehen. Nach eifrigem Studium bin ich dahintergekommen, daß die berliner Briefkästen überhaupt nicht angebracht sind – sondern der Briefkastenvogel ist über die Stadt dahingeflogen und hat sie, hier einen Klacks und da einen, einfach fallen lassen. Und da bakken sie nun fest, irgendwo: am Vorgitter einer ganz stillen Straße, verschmitzt an der Rückseite eines Bahnhofs; verborgen unter Bäumen und fast unsichtbar um die Ecke …

Nun, ganz so schlimm wie in Paris ist es nicht – das ist ja wahr. Da kann man getrost ein Preisausschreiben veranstalten: wer zuerst hundert Briefkästen in einer Stunde entdeckt, bekommt – Strafe muß sein – die gesammelten Werke Paul Valérys – such, such den Briefkasten! Denn die hiesige Post möchte nicht, daß so viel Briefe geschrieben werden; die Leute sollen lieber telefonieren, das stärkt die Volkskraft, denn wer das pariser

Telefon überwindet – aber das ist wieder eine andere Geschichte. Ja, also die Briefkästen.

Man müßte doch denken, daß sie vor allem einmal da angebracht sind, wo recht viel Leute zusammenströmen: auf allen Bahnhöfen, in allen Bahnhöfen und an allen Bahnhöfen: vor den Theatern, an den Gerichten, an den Banken, und wenn es auch schon ein bißchen besser damit geworden ist, so zeigt doch ihre Verteilung ein Erbübel der Bürokratie: den glanzvollen Sieg des „Apparats" über den, der ihn benutzen soll.

Wo will man fast immer einen eiligen Einschreibebrief expedieren?, telegraphieren?, Markenkaufen?, Geld einzahlen? Auf dem Bahnhof. Wo ist kein Postamt? Auf dem Bahnhof. Allwo auch fast nie eine Apotheke oder auch nur die kleine Niederlassung einer Drogerie zu finden ist – wenn Sie mit der Bahn fahren, dann fahren Sie gefälligst mit der Bahn und treiben keine Allotria.

Sind die längst typisierten Bedürfnisse eines Großstadtmenschen nicht kinderleicht zu erraten? Sie sind es. Man sehe sich daraufhin an, was in einem Theater, auf einem Sportplatz, in großen Sälen und Hallen an postalischen Einrichtungen zu finden ist, an ärztlichen Hilfsmöglichkeiten – und man frage sich: Wo ist eigentlich die vielgerühmte Zivilisation, die so viel Lärm macht und von der wir so viel lesen? Da ist sie jedenfalls nicht.

Dieses Thema eignete sich vorzüglich zu einer Notiz im „Sprechsaal", wo es dann gewöhnlich so aufhört: „Zu der Frage des Herrn Peter Panter, wo denn in Berlin die Briefkästen hängen, wird uns von der Pressestelle des

Reichspostministeriums noch mitgeteilt, daß ...“ sich der Steuerzahler selber an die Ecken hängen soll, wenns ihm nicht paßt – aber das Thema ist doch zu groß für einen kleinen Sprechsaal. Es ist das deutscheste aller Themen:

So zu organisieren, daß die „amtlichen Belange“ gewahrt werden, ohne Rücksicht auf den Verbraucher. Man kann das an tausend Beispielen belegen, und es ist immer wieder verwunderlich, eines festzustellen. Alle diese beamteten Organisatoren sind doch zu gleicher Zeit wie wir anderen: Verbraucher, Kunden und Staatsbürger, die staatliche Einrichtungen benutzen. Haben sie nichts gelernt? Nichts gesehen? Fühlen sie nicht, wie es die anderen Ressorts machen und wie man es nicht machen darf? Sie fühlen es nicht nur – sie wissen es sogar und schimpfen mächtig. Auf die anderen. Und machen es genau, ganz genau so. Sie organisieren so häufig unter völliger Ausschaltung aller Gedanken an den, für den doch eigentlich organisiert werden sollte. Ihre Arbeit ist Selbstzweck geworden.

So, jetzt ist es halb acht. Nun will ich langsam Alpenstock und Rettungsgürtel nehmen und mich aufmachen, diesen Brief in einem Postbüro abzugeben. Waren Sie schon einmal in einem französischen Postbüro? Sie habens gut. Und de- und wehmütig ziehe ich alles wieder zurück, was ich gegen die deutsche Post gesagt habe, und gegen ihre Schalterbeamten und Organisatoren – ich schlürfe den ganzen Aufsatz wieder ein, nichts habe ich gesagt, peccavibum, jetzt liegt der Brief schon im Postkasten. Wenn er nun ankommt, ist es Schuld der Post. Denn welche Briefe kommen an?

Binnenbriefe, Absagen der Damen und Zeitungsartikel. Was aber die Mitteilungen über das große Los, Liebeserklärungen unbekannter Abonnentinnen und das Glück betrifft, so ist das alles einmal an uns unterwegs gewesen und – wie uns postamtlicherseits mitgeteilt wird: ohne Verschulden der zuständigen Beamten – leider verlorengegangen.

Reiner Kunze

VARIATIONEN ÜBER DIE POST

10
Niemals beschwere dich über
die post

An allen schaltern
verweigert sie dir

die kleinste
billigste die
letzte
der verweigerbaren freuden –

die
seltene
gewöhnliche
zwanziger

Bettina von Arnim (* 4. Mai 1785 in Frankfurt a. M., † 20. Januar 1859 in Berlin). Der abgedruckte Brief ist Teil des Briefbuches „Ilius Pamphilius und die Ambrosia", das Bettina von Arnim als letztes von dreien dieser Art im Jahr 1847/48 herausgab. Alle Briefbücher enthalten poetisch überformte aber im Grunde authentische Briefwechsel. Mit „Goethes Briefwechsel mit einem Kinde", wurde sie bekannt. Hinter Pamphilius, hier ihr Briefpartner, verbirgt sich Philipp Engelhard Nathusius.

Zitiert nach: Bettina von Arnim, Sämtliche Werke, hg. von W. Oehlke, Bd. 5, Berlin 1920, S. 107 – 117.

Ingeborg Bachmann (* 25. Juni 1926 in Klagenfurt, † 17. Oktober 1973 in Rom). Der abgedruckte Ausschnitt ist der Anfang des 3. Kapitels „Von letzten Dingen" aus dem 1971 erschienenen Roman „Malina", welcher das erste Buch des unvollendet gebliebenen Romanzyklus „Todesarten" bildet.

Zitiert nach: Ingeborg Bachmann, Malina. © Suhrkamp Verlag, Frankfurt a. M. 1971, S. 249 – 257.

Walter Benjamin (* 15. Juli 1892 in Berlin, † 26. September 1940 in Port-Bou / Südfrankreich). Mit seinen Essays, Übersetzungen, Buchbesprechungen und wissenschaftlichen Arbeiten gehört Benjamin zu den großen Schriftstellern und Intellektuellen dieses Jahrhunderts. „Das Telephon" entstand 1932/33 und wurde mit anderen Abschnitten aus Benjamins Berliner Kindheitserinnerungen zuerst 1933 in der „Frankfurter Zeitung" veröffentlicht.
Gueridon] bezeichnet einen kleinen, runden, einbeinigen Tisch, auf den ein Leuchter gestellt wurde.

Zitiert nach: Walter Benjamin, Berliner Kindheit um Neunzehnhundert. In: Walter Benjamin, Gesammelte Schriften, Bd. IV. 1, hg. von T. Rexroth, © Suhrkamp Verlag, Frankfurt a. M. 1972, „Das Telephon", S. 242 – 243.

Gottfried Benn (* 2. Mai 1886 in Mansfeld / Kreis Westprignitz, † 7. Juli 1956 in Berlin). Arzt und Dichter. Die Erzählung „Das Elend" entstand 1925 in Berlin „aufblühend, halb Chicago und halb Paris", wo Benn seit 1921, nach dem Tode seiner Frau, zurückgezogen lebte.

Zitiert nach: Gottfried Benn, Sämtliche Werke, Stuttgarter Ausgabe, hg. von H. Schuster in Verbindung mit Ilse Benn, Bd. III: Prosa 1, © Klett Cotta, Stuttgart 1987, S. 146 – 152.

Ludwig Börne, eigentlich Juda Löw Baruch (* 6. Mai 1786 in Frankfurt a. M., † 12. Februar 1837 in Paris). Ludwig Börne gilt als wichtiger Vertreter des *Jungen Deutschland* und als Mitbegründer des modernen Journalismus. Er war Kritiker und Publizist und gründete 1818 die damals auch politisch bedeutsame Zeitschrift „Die Wage", die 1821 jedoch verboten wurde.

Le Nôtre] André (1613 – 1700), Schöpfer der französischen Gartenbaukunst; entwarf den Plan zum Park von Versailles.

Commis voyageur] Handlungsreisender.

Über den Umgang mit Menschen] vgl. II. Teil, 12. Kapitel.

Thurn-und-Taxischfahrende Personal] Fürstengeschlecht Taxis, im 15. Jh. mit der Beförderung der kaiserlichen Kurierpost im Reich und den spanischen Niederlanden betraut. Seit 1615 Reichsobergeneralpostmeister, 1867 wurden die Rechte der Thurn und Taxis abgelöst.

Diligencenpostillione] Postkutscher auf einer Eilpostkutsche.

La police dévoilée par Manuel] Paris 1791. Verfasser ist Pierre Louis Manuel, geb. 1751, guillotiniert 1793.

Briefe eines reisenden Franzosen über die geheime Polizei in Wien] *nebst Skizzen aus dem Leben einiger Hauptpersonen der geheimen Polizei.* Aus dem französischen Manuskript, Straßburg 1799.

Flassan] Comte de (1760 – 1845), französischer Diplomat und Schriftsteller; Verfasser der *Histoire générale et raisonée de la diplomatie française jusqu'au 10 août 1792 ...*

Duc de Choiseul] Minister des Auswärtigen unter Louis XV.

Ostern- oder Michaelisromane] meint hier zu den traditionellen Buchmessterminen fertiggestellte modische Unterhaltungsromane.

Boileau] Nicolas (1636 – 1711), Satiriker.

Cartouche] Louis Dominic (1693 – 1721), berüchtigter Verbrecher; wurde hingerichtet.

Turnsetzling] Börne polemisiert hier gegen übersteigerten Nationalismus, Franzosenhaß und Deutschtümelei der Bewegung des Turnvaters Jahn.

Abendzeitung] erschien 1817 – 1821 in Dresden. Die Anekdote wird in der Nr. 33 vom 9. Februar 1820 erzählt.

Karbonari] italienischer politischer Geheimbund, gebildet 1806 gegen die französische Herrschaft in Neapel; erstrebte die Unabhängigkeit Italiens.
alta vendita] Hoher Markt. Bezeichnung für die geheimen Zusammenkünfte in der Sprache der Karbonari.

Zitiert nach: Ludwig Börne, Monographie der deutschen Postschnecke. Beitrag zur Naturgeschichte der Mollusken und Testaceen (1821), in: Gesammelte Werke, Bd. 1, hg. von I. und P. Rippmann, Düsseldorf 1964, S. 639 – 667.

Alois Brandstetter (* 5. Dezember 1938 in Pichl / Oberösterreich). Schriftsteller und Germanistikprofessor an der Universität Klagenfurt. Die hier wiedergegebenen Texte sind Ausschnitte aus dem Roman „Zu Lasten der Briefträger", in dem sich eine anonyme Figur ununterbrochen bei einem niederbayrischen Postamtsvorsteher über die Post beschwert.

Zitiert nach: Alois Brandstetter, Zu Lasten der Briefträger, © Residenz Verlag, Salzburg und Wien 1974, S. 18 – 19 und S. 27 – 29.

Gottfried August Bürger (* 31. Dezember 1747 in Mollmerswende, † 8. Juli 1794 in Göttingen). Johann Christian Dieterich war der Verleger und enge Freund Bürgers. Bürger steckte Zeit seines Lebens in Geldnöten, obwohl er ein überdurchschnittlich gut bezahlter Autor war.
Schauspiel ... Original fertig] nicht überliefert, sonst nirgendwo belegt und wohl auch nicht zustandegekommen.
prostituiere] entehren, lächerlich machen.
Schubbejackerei] Schufterei, Schäbigkeit.
Laus deo] Lob für den Gott (lat.); hier also Anrede als ‚Gott'.
Leonhartschen Posten] bezieht sich auf die schwierige Auseinandersetzung um den Nachlaß seines Schwiegervaters.
Salz und Brod fressen] hier: Existenzminimum.
beseichen] bepissen.
Prise] wunderlicher Mensch (studentisch).

Zitiert nach: Mein scharmantes Geldmännchen. Gottfried August Bürgers Briefwechsel mit seinem Verleger Dieterich, hg. von U. Joost, Göttingen 1988, S. 106 – 109.

Joseph Freiherr von Eichendorff (* 10. März 1788 auf Schloß Lubowitz / Oberschlesien, † 26. November 1857 in Neisse). Jurist im preußischen Staatsdienst, zugleich ein bedeutender Dichter der deutschen Romantik. Er schrieb einen Roman, Erzählungen und vor allem volksliedhafte Lyrik.

Zitiert nach: Joseph von Eichendorff, Werke, Bd. 1. München 1970, S. 66.

Erich Kästner (* 23. Februar 1899 in Dresden, † 29. Juli 1974 in München). Neben Kinderbüchern schrieb er Romane, Texte für das Kabarett und Satiren. Trotz der Verbrennung seiner Bücher 1933 und des Schreibverbots ab 1942 emigrierte er nicht und publizierte – soweit möglich – im Ausland. In seinen zeitkritischen und politisch-satirischen Texten wandte er sich vor allem gegen spießbürgerliche Moral, gegen Faschismus und Militarismus.

Zitiert nach: Erich Kästner, Gesammelte Schriften, Bd. 5, Atrium Verlag Köln 1959, S. 407 – 409. © Erich Kästner Erben, München.

Heinrich von Kleist (* 18. Oktober 1777 in Frankfurt / Oder † 21. November 1811 am Wannsee / Potsdam). Einer der bedeutendsten deutschen Erzähler und Dramatiker.

Brief vom 21. August 1800 (hier S. 73): Heinrich von Kleist schreibt nach Abbruch seines Universitätsstudiums im Sommer 1800 an seine Braut Wilhelmine von Zenge (1780 – 1852), Tochter des Generalmajors August Wilhelm von Zenge. Kleist berichtete von einem Treffen mit seinem Freund Ludwig von Brockes (1768 – 1815), mit dem er eine längere Reise unternehmen will, deren Zweck eine Phimosenoperation ist, die er ihr verheimlicht. Das Verlöbnis mit Wilhelmine wurde 1802 gelöst.

Brief vom 1. April 1801 (hier S. 28): An seine Lieblingsschwester Ulrike (1774 – 1849), Tochter aus erster Ehe des Vaters mit Louise von Wulffen. Kleist plant eine Frankreichreise mit seiner Stiefschwester.

Brief vom 15. August 1801 (hier S. 121): Geplant ist ein einjähriger Aufenthalt in Frankreich, das Kleist aber bereits nach 4 Monaten wieder verließ. Die zu Beginn des Briefs genannten Personen Carl und Louise sind Wilhelmines Geschwister Karl (1777 – 1802) und Louise (1782 – 1855).

Entwurf einer Bombenpost (hier S. 107): Erschien zuerst in den von Kleist mitherausgegebenen „Berliner Abendblättern". Der Text spielt auf einen Bericht über Soemmerings Erfindung des elektrischen Telegrafen an.

Bombenpost] Die Möglichkeit, Nachrichten mittels Kanonenkugeln oder Raketen zu befördern, wurde später ernsthaft erwogen und erprobt.

Zitiert nach: Heinrich von Kleist, Sämtliche Werke, hg. von H. Sembdner, Bd. 2, 8. ergänzte und revidierte Auflage, Darmstadt 1985. © Carl Hanser Verlag München, Wien. Brief vom 21.8.1800: S. 527 – 531; Brief vom 1.4.1801: S. 639 – 640; Brief vom 15.8.1801: S. 680 – 685; Bombenpost: S. 385 – 386.

Eva Katharina König, geb. Hahn (* 22. März 1736 in Heidelberg, † 10. Januar 1778 in Wolfenbüttel), in erster Ehe verheiratet mit dem Hamburger Seidenhändler Engelbert König. Nach dessen Tod (1769) führte sie die Geschäfte ihres Mannes weiter und pflegte mit Gotthold Ephraim Lessing, der 1771 ihr Verlobter werden sollte, über sechs Jahre lang einen intensiven Briefwechsel, der die häufigen und langen Trennungen überbrücken half. Ein Jahr nach ihrer Hochzeit mit Lessing starb sie bei der Geburt ihres ersten gemeinsamen Sohnes, der nach wenigen Tagen ebenfalls starb.
Hypochondrie] Im 18. Jahrhundert auch als Mißstimmung, Schwermut verstanden.
Seylers Gesellschaft] Bekannte Theatergruppe der damaligen Zeit, gastierte in der Gegend um Hannover und 1770 in Hamburg.
die Minna] Lessings Lustspiel Minna von Barnhelm war 1770 in Anwesenheit des dänischen Königs Christian VII. aufgeführt worden.
Schmälern] Schelten, schimpfen.

Zitiert nach: Gotthold Ephraim Lessings Sämtliche Schriften, hg. von K. Lachmann. Dritte, auf's neue durchgesehene und vermehrte Auflage, besorgt durch F. Muncker, Bd. 19 (Briefe an Lessing. Erster Teil), Leipzig 1904, S. 372 – 374.

Karl Kraus (* 28. April 1874 in Gitschin / Böhmen , † 2. April 1936 in Wien). Schriftsteller und sprachmächtiger Kritiker seiner Zeit. Herausgeber und bald alleiniger Autor der Zeitschrift „Die Fackel".
Briefe an Sidonie Nádherný von Borutin: Karl Kraus und Sidonie Nádherný lernten sich im Jahre 1913 kennen. Es beginnt eine lebenslange Freundschaft und ein intensiver Briefwechsel.
Janowitz] Schloß Janewitz, Stammsitz der Familie Nádherný in Böhmen, wird in dem Brief von Karl Kraus zum Symbol seines Glücks.

„Brief an Sidonie Nádherný von Borutin" zitiert nach: Karl Kraus,

Briefe an Sidonie Nádherný von Borutin. 1913 – 1936, hg. von H. Fischer und M. Lazarus, © Suhrkamp Verlag, Frankfurt a. M. 1974. S. 22f. und 37f.

„Eine neue Form der Banalität" zitiert nach: Karl Kraus: Werke, Bd. 4, hg. von C. Wagenknecht. © Suhrkamp Verlag, Frankfurt a. M. 1989, S. 160 – 164.

Reiner Kunze (* 16. August 1933 in Oelsnitz / Erzgebirge). Mit seiner Gedichtsammlung „sensible wege", dem die hier abgedruckten Gedichte entnommen sind, und anderen Werken gehört Kunze zu den wichtigsten Schriftstellern der zeitgenössischen deutschen Gegenwartsliteratur. Aus politischen Gründen wurde er aus dem Schriftstellerverband der DDR ausgeschlossen. 1977 siedelte er in die Bundesrepublik übersiedelte. Einige seiner Werke, auch „sensible wege", konnten nur in der BRD erscheinen. Der bereits 1969 veröffentlichte Band thematisiert die staatliche Unterdrückung von Individualität und künstlerischer Freiheit durch den Staatsapparat ebenso wie die zunehmende Isolierung Kunzes in der DDR.

Zitiert nach: Reiner Kunze, „einundzwanzig Variationen über die Post", aus: sensible wege. © Rowohlt Taschenbuch Verlag, Reinbek bei Hamburg 1976.

Georg Christoph Lichtenberg (* 1. Juli 1742 in Ober-Ramstadt / Darmstadt, † 24. Februar 1799 in Göttingen). Ordentlicher Professor für Mathematik, Astronomie, Experimentalphysik und bedeutender Schriftsteller der Spätaufklärung. Er wurde zu Lebzeiten durch wissenschaftliche und satirische Schriften sowie durch den „Göttinger Taschen Calender" bekannt. Nach seinem Tod begründeten seine Notizen und Aphorismen in den „Sudelbüchern" seinen Ruhm.

„Romane" zitiert nach: Georg Christoph Lichtenbergs Aphorismen, E 151, hg. von A. Leitzmann, Drittes Heft: 1775 – 1779, Berlin 1906, S. 38 – 39.

„Die Reise nach Gotha" zitiert nach: Aus Lichtenbergs Nachlaß. Aufsätze, Gedichte, Tagebuchblätter, Briefe, zur hundersten Wiederkehr seines Todestages (24. Feb. 1799), hg. von A. Leitzmann, Weimar 1899, S. 132 – 133.

Joachim Ringelnatz, eigentlich Hans Bötticher (* 18. August 1883 in Wurzen, † 17. November 1934 in Berlin). Lyriker, Erzähler, Kabarettist,

Rezitator und Maler. Zeichnete sich besonders durch witzige und kritische Gedichte über alltägliche Gegenstände und Ereignisse aus.

Zitiert nach: Joachim Ringelnatz, und auf einmal steht es neben dir. Das Gesamtwerk. © Henssel Verlag, Berlin 1964, S. 23.

Kurt Tucholsky (* 9. Januar 1890 in Berlin-Moabit, † 21. Dezember 1935 in Hindås / Schweden). Der Schriftsteller, Essayist, Gesellschaftskritiker u. Sozialist war seit 1913 Mitarbeiter der Theaterzeitschrift „Die Schaubühne", später „Weltbühne", für die er unter den Pseudonymen Peter Panter, Theobald Tiger, Ignaz Wrobel und Kaspar Hauser schrieb. Bis zu seiner Flucht nach Schweden im Jahr 1933 leitete er die Wochenschrift zusammen mit Siegfried Jacobsohn, nach dessen Tod mit Carl v. Ossietzky.
Ersterscheinungen:
„Ein Ferngespräch": Vossische Zeitung vom 5.6.1927.
„Der Traum – ein Leben": Weltbühne Nr. 51, S. 926 vom 20.12.1927.
„Der Floh": Weltbühne Nr. 1, S. 26 vom 5.1.1932.
„Wo hängen unsere Briefkästen": Vossische Zeitung Nr. 613 vom 29.12.1928.

Zitiert nach: Kurt Tucholsky, Gesammelte Werke, „Ein Ferngespräch", Bd. 5, S. 224; „Der Traum – ein Leben", Bd. 5, S. 417; „Der Floh", Bd. 10, S. 7; „Wo hängen unsere Briefkästen", Ergänzungsband 1911 – 1932; Deutsches Tempo, hg. von M. Gerold-Tucholsky und F. J. Raddatz 1975 und 1985. © Rowohlt Verlag, Reinbek bei Hamburg.

NACHWORT

Niemals beschwere dich über die Post! Wer hat nicht schon selbst vergeblich auf den Briefträger gewartet, hat nicht schon – wenn dafür überhaupt keine Zeit war – in endlosen Schlangen vor Postschaltern gestanden, wer hat nicht schon nach unzähligen Versuchen schließlich eine Telefonverbindung herstellen können, die dann das Rauschen aller Ozeane, nicht aber die erhoffte Stimme hören ließ? Wer hat nicht schon bei diesen alltäglichen Schicksalsschlägen gedacht: Immer beschwere dich über die Post!

Wer mit Büchern, mit Literatur lebt, wird es, vielleicht nicht unbedingt als Trost, bestimmt aber mit Schmunzeln und Genugtuung zur Kenntnis nehmen, daß die eigene Erfahrung sich in vielfältiger Gestalt in der Literatur wiederfindet.

Was liegt also näher, als eine Sammlung literarischer Texte über die Post zu veranstalten.

Natürlich gab es so etwas wie „Post" bereits in der Antike. Hier interessiert die Post aber nur in einem moderneren Sinne, nämlich als Kommunikationsmittel einer Vielzahl von Menschen, die durch Briefe über Entfernungen hinweg ein Gespräch führen, selbst mit der Postkutsche reisten oder sich heute der Telegrafie und des Telefons bedienen.

Schreib mal wieder! Diese verheißungsvolle Aufforderung der Post ist erst sinnvoll in einer Zeit, in der das Schreiben nicht mehr eine Geheimwissenschaft weniger

ist, und so ist es auch sicher kein Zufall, daß sich in der Literatur des 18. Jahrhunderts bereits eine große Zahl von Post-Texten findet und dieser Strom bis in die Gegenwart nicht mehr abreißt.

Das ist sicher nicht nur in der deutschen Literatur so. Um einen historischen und postthematischen Überblick zu schaffen, erschien es sinnvoll, die Auswahl auf deutsche Texte zu beschränken.

Natürlich hätten zu einem repräsentativen Überblick, wie diese Sammlung ihn vermitteln will, auch noch Theodor Fontanes „Zwei Post-Stationen" gehört, die überhaupt erst kürzlich entdeckt worden sind, aber auch Texte von Bertolt Brecht, Thomas Bernhard etwa, die aus urheberrechtlichen Gründen nicht zur Verfügung standen. Und vieles mehr ...

Bücher haben ihre Schicksale, so auch dieses. Am Anfang stand die Idee, ein praxisbezogenes Seminar für Germanistikstudentinnen und -studenten anzubieten, in dem alle Bereiche eines Verlags – Lektorat, Herstellung und Vertrieb – theoretisch und praktisch vermittelt werden sollten.

Gemeinsam wurde die Textauswahl getroffen, ein Titel wollte gefunden werden, Buchumfang und Herstellungskosten waren zu kalkulieren, Typographie, Papier und Einband zu bestimmen. Auch die Texterfassung, die Satzherstellung, Pressearbeit und Vertrieb waren zu bewältigen, und so entstand in zwei Semestern intensiver Zusammenarbeit dieses Buch.

Wir danken dem Seminar für Deutsche Philologie der Georg-August-Universität Göttingen und dem Universitätsbund, die das Zustandekommen des Seminars ermöglichten. Unseren Freunden danken wir für Rat und Hilfe bei der Textsuche.

Birgit Bachmann, Maike Dörries, Leveke Friedrich, Iris Gebhardt, Helmut Göbel, Frauke Hoffmann, Julia Jerosch, Christina Kerl, Dorothea Korte, Sabine Krenge, Adrienne Lochte, Melanie Melchers, Claudia Mittendorf, Holger Müller, Ralf Pohl, Doris Schleef, Sabine Sgonina, Claus Wencke.